KB004001

슬레이어즈 2
아트라스의 마법사

이 의뢰를
밑을 생각은 없었다.
하지만… 마족이 나온 이상
물러설 수 없다!

내 바로 옆에서
한 마리의 '늑대'가
가시를 발사했다!
이런!!

바람의 결계를 두르고
물속으로 들어간 나는
거대한 보옥으로 다가갔다.
분명 사람 그림자가….

슬레이어즈
2 아트라스의 마도사

HAJIME KANZAKA 칸자카 하지메

일러스트 | 아라이즈미 루이

번역 | 김영종

목 차

1. 어쩌다 보니 맡게 된 의뢰

가게 안은 이미 전쟁터로 변한 뒤였다.

말해두는데 결코 나 때문이 아니다.

치고받고 물어뜯는 아비규환의 지옥도.

뒤집힌 테이블에 접시째 날아오는 요리들.

아아, 아까워라.

아트라스 시티의 작은 음식점. 맛은 결코 나쁘지 않지만 손님의 질이 매우 안 좋다. '누워서 침 뱉기려나.'

용병, 불량배, 건달, 그런 부류의 인간들이 자연스레 모이는 가게였다. 그 한가운데서 벌어진 난투극은 커져가기만 할 뿐, 수습될 기미는 눈곱만큼도 보이지 않았다.

아, 또 한 사람 쓰러졌다.

이크, 오해하면 곤란하니 한마디 해두겠는데 나는 용병도 아니고, 하물며 건달이나 불량배도 아니다.

맛있다는 평판이 있기에 찾아왔을 뿐이다. 난투극이 벌어졌다고 해서 군이 이런 소동에 말려들 이유는 전혀 없었다.

게다가 나는 평화주의자이다.

그런 이유로 나는 구석 쪽의 테이블 밑에 들어가서 닭고기를 씹으면서 혼전의 양상을 지켜보고 있었다.

싸움의 원인은… 뭐, 매우 사소한 것이었다.

"여, 혼자야? 아가씨."

남자가 말을 걸어온 것은 카운터에 앉아 있던 내가 라면 세트 네 그릇째를 비웠을 때의 일이었다.

붉은 머리카락에 그리 잘생긴 건 아니지만 애교 있는 얼굴.

무기는 등에 멘 바스타드 소드. 복장은 성글게 짠 관두의(주1)와 바지, 그리고 부츠와 리더 아머(가죽 갑옷).

용병으로선 흔한 복장이다. 나는 남자를 힐끔 쳐다보았을 뿐 다시 시선을 빈 식기로 옮겼다.

"일행이 있어. 아, 다음엔 치킨 소테 세트 주세요."

쌀쌀맞게 대답하고 가게 주인에게 추가 주문을 했다.

남자는 휘파람을 한 번 불더니 쯧쯧쯧, 하면서 손가락을 좌우로 흔들었다. 본인은 멋있겠다 싶어서 취한 자세겠지만.

"김빠지는군. 하지만 너처럼 예쁜 애를 버려두고 간 녀석은 신경 쓰지 말라고, 응?"

그렇게 말하며 그는 내 어깨에 손을 얹었다.

예쁜 애라는 말에는 아무런 이의도 없지만, 그런 말을 들을 때마다 일일이 상대해 주다간 몸이 여러 개 있어도 부족할 것이다.

"이름이 뭐지?"

"……."

주1) 관두의 : 貫頭衣. 한 장의 천을 반으로 접은 후 머리가 들어가는 부분에 구멍을 뚫고 그곳으로 머리를 내어 입는 옷.

"난 란츠라고 해."

"……."

"뭐라고 말 좀 해봐."

스으윽.

엉덩이 부근에 이상한 감촉.

만졌다!

생각보다 손이 먼저 움직였다.

나는 카운터에 있던 빈 쟁반을 집어 들고 내리쳤다.

타앙! 하는 가벼운 소리가… 나겠지.

라고 생각했는데….

퍼억!

꽤 묵직한 소리가 났다.

아, 모서리에 맞았다.

정당방위야, 이건!

아마도….

"우와아아아악!"

과장된 비명을 지르면서 크게 몸을 뒤로 젖히는 란츠.

그 기세로 가까이 있는 테이블에 쓰러지고 말았다.

테이블에는 손님이 있었다.

"너, 무슨 짓이야!"

한 사람이 란츠를 날려버렸고 날아간 그는 다른 테이블 위에 쓰러졌다.

물론 그곳에서도 소동이 일어났다.

이리하여….

바야흐로 큰 싸움이 시작되었다.

그것 봐, 역시 잘못한 사람은 저 형씨잖아. 어디까지나 난 피해자라고, 음….

"이것 봐, 리나. 사건의 장본인이 이런 데서 뭐 하고 있어!"

별안간 옆에서 들려온 목소리에 그쪽을 돌아보았다.

검은 브레스트 플레이트와 장검으로 무장한 금발 미남이 테이블 옆에 앉아 지그시 나를 바라보고 있었다. 최근 우연한 일로 알게 된 여행 동료로, 이름은 가우리라고 한다.

"누가 장본인이야?!"

생선튀김을 씹으면서 말하자 그는 내 접시에 올려져 있는 고기를 집어서 입으로 가져갔다.

"너지 누구야. 저 형씨의 머리를 쟁반 모서리로 때려놓고 잊은 건 아니겠지?"

"보고 있었어?!"

"화장실에서 나오다 보니 마침 그 장면이 보이더군."

"난 피해자란 말이야! 저 녀석, 나한테 추근대더니 엉덩이까지 만졌다고, 엉덩이까지! 그것도 공짜로!"

"요금을 내면 만져도 되는 거야?"

"그런 문제가 아니잖아!"

"너… 지금 네가 무슨 말을 하고 있는지도 모르지?"

"당연하지!"

그는 머리를 감싸 쥐었다.

"그래도 조금만 더 참을 것이지, 그럼 내가 좀 더 원만하게 해결했을 텐데."

나는 그를 노려보았다.

"세상에는 참을 수 있는 일과 참을 수 없는 일이 있어. 비록 1초라고 해도 말이야!

넌 이상한 형씨가 엉덩이를 만진 경험이 없으니깐 그런 말을 할 수 있는 거야!"

"뭐… 분명 그런 경험은 없지만…."

난처한 표정으로 머리를 긁적이는 가우리.

"하지만 이 상황을 어떻게 해보려는 생각은 없는 거야?"

가우리는 과격해지고 있는 혼전의 양상을 바라보며 말했다.

"내가 나선다고 해결될 거라 생각해?"

물론 내가 나서서 파이어볼이라도 한 방 날려주면 분명 다들 얌전해지긴 하겠지만… 그 방법엔 조금 문제가 있다. 나는 수배자가 되고 싶진 않다.

"아니. 괜히 소란만 더 커질 것 같아."

"그러니까 여기 얌전히 있을 수밖에 없잖아."

"으음…."

가우리는 말문이 막혔다.

"하지만 네 말대로 이 소란을 얼른 수습하긴 해야겠지. 아, 맞다!"

나는 척! 손가락을 하나 세웠다.

"이런 건 어떨까? 먼저 내가 갑자기 비명을 지르고 쓰러지는 거야. 그리고 검을 한 손에 든 네가 그 옆에 서서 '훗, 별것 아니군.' 이라고 말하는 거지. 분명 다른 사람들도 싸움 따윈 관두고 구경할 거야."

그는 내 묘안을 듣더니 노골적으로 얼굴을 찌푸렸다.

"그 뒤에는 어떻게 할 생각인데?"

"그야 뭐… 어떻게든 되겠지."

"어떻게든이 아냐! 잘못하면 내가 수배자가 되고 말잖아!"

"기나긴 인생인데 가끔 그런 일도 겪어보는 것이 좋지 않겠어?"

"겪고 싶지 않아, 그런 건!"

"정말 제멋대로네. 음, 그럼…."

내가 다음 의견을 말하려 했을 때….

한 줄기 바람이 가게 안에 불어닥쳤다.

썰물이 빠지듯 소란이 잦아들었다.

낮은 수런거림이 그 소란을 대신했다.

"호오."

일어나서 입구 쪽을 바라보던 가우리가 낮은 감탄사를 흘렸다.

따라 일어나 가우리의 뒤에서 힐끔 문 쪽을 엿보는 나.

그곳에 한 남자가 있었다.

어둠을 몸에 두른 듯한 남자였다.

검고 긴 머리카락에 재질을 알 수 없는 검은색 관두의. 입가를 가리고 있는 머플러, 그리고 등에 멘 독특한 모양의 외날 장검.

나이는 가우리와 그리 차이가 안 나 보이니 스무 살이 조금 넘었으려나.

하지만 가우리의 종잡을 수 없는 분위기와는 달리 약간 오싹해질 만큼의 귀기(鬼氣)를 띠고 있었다.

가게 손님들이 갑자기 조용해진 것도 그 살기에 압도되었기 때문일 것이다.

상당한 실력자라는 것을 한눈에 알 수 있었다.

가우리가 무심코 감탄사를 입 밖에 낼 정도로.

…쉽게 말해, 잘생기긴 했지만 그리 가까이하고 싶지 않은 타입이었다.

"보디가드를 찾고 있다."

상상했던 목소리로 남자는 말했다. 차갑고 투명한, 이를테면 새파랗게 날이 선 칼날 같은 목소리….

"돈이 필요한 사람, 실력에 자신이 있는 사람은 나와라. 스폰서는 미스터 타림. 나쁜 이야기는 아닐 거다."

단도직입적으로 말했다. 딱딱한 말투지만 확실히 알아듣기 쉬웠다.

하지만 가게 안은 바람이 멈춘 사막처럼 조용했다.

이곳 아트라스 시티에서는 최근 어떤 사건이 벌어지고 있었다.

이 도시 마법사 협회의 평의장인 '백색의 할시폼'이 실종된 것은 지금으로부터 반년 전.

그후 공석이 된 그 자리를 놓고 두 사람의 부평의장인 '보라색의 타림'과 '청색의 데이미아'가 다툼을 벌이고 있었다.

아무래도 남자는 타림 쪽의 스카우트 맨인 듯했다.

물론 나는 권력 투쟁의 도구가 될 생각은 전혀 없었다.

하지만….

"이야기를 들어볼까요?"

그렇게 말하고 일어섰다.

"앗! 너, 이…."

소리를 지르려다 중단한 것은 내 엉덩이를 만졌던 극악무도한 란츠였다. 그 후 여기저기서 두들겨 맞았는지 그의 면상은 보기에도 무참히 변한 뒤였다.

어머나, 가엾게도(우후후).

그의 말을 중단시킨 것은 그 남자였다.

"여기서 뭘 하고 있지?"

남자가 말했다. 란츠와는 아는 사이인 듯하다. …두 사람 다 친구는 골라서 사귀라고.

"로… 로드 씨…."

말을 더듬는 란츠.

"그게… 타림 씨의 심부름으로 잠깐…."

"용건이 끝났으면 돌아가."

노골적으로 말한 후 그에게는 눈길도 주지 않고 내 쪽으로 다가왔다.

검은 시선이 내 눈동자를 똑바로 바라보았다. 서늘한 기운이 등줄기를 스쳤다.

"마법사로군."

나지막하게 중얼거렸다.

내 복장은 이 마을에서 새로 맞춘 우윳빛 관두의, 감색 로브와 같은 색 바지, 검은색 머리띠, 허리에 찬 검, 그리고 큰 거북이의 등껍질을 깎아 만든 숄더 가드와 거기에 달린 검은색 망토. 요소요소에 박혀 있는 보석 애뮬릿.

완벽하게 마법사로 보이는 스타일이었다.

이걸 보고 '생선 가게나 술집 점원인 줄 알았다'고 멍청한 소리를 한 바보가 한 명 있긴 하지만….

"눈이 살아 있군. 이름은?"

"묻는 쪽부터 이름을 밝히는 법이야."

상대의 이름을 알면서도 나는 넉살 좋게 말했다.

물론 내심으론 조마조마했다. 언제 공격을 해와도 이상하지 않은 분위기를 가진 남자였다.

하지만 여기서 상대의 기세에 말려들면 안 된다.

"로드다."

남자는 생각보다 선선히 대답했다. 나는 속으로 한숨을 쉬었다.

피곤한 녀석이야, 정말….

"난 리나야."

"호오…."

그는 경탄한 듯 작은 감탄사를 흘렸다.

"네가 그 리나인가. 소문으로 들은 적이 있다."

어차피 나쁜 소문이겠지. 도적 킬러니 파괴의 제왕이니 하는….

"좋아. 따라와라."

그렇게 말하고는 로드는 등을 돌렸다.

뭐, 어쨌거나….

"그럼 가자, 가우리."

"아, 나도 가야 하는 거야?"

대답하고 그가 자리에서 일어섰다.

그 순간….

로드가 도약했다!

거리를 좁히면서 장검 손잡이에 손을 가져간다.

뽑았다.

…모두가 생각했다.

다음 순간 가우리의 몸이 피로 물들 거라고. 그곳에 있는 모두
가 예상했다.

단 한 사람—

가우리를 제외하고.

사태를 이해하지 못한 건지, 아니면 일부러 딴청을 피우는 건지
… 그는 로드가 자세를 취함과 동시에 슬쩍 주저앉았다.

그러더니 내 접시에서 구운 고기를 한 조각 집어 들더니 한입
베어 물었다. 넘치던 로드의 살기가 사그라졌다. 그래도 보통 검
사보다는 훨씬 강렬했지만.

"꽤 쓸 만하군, 너."

"별것 아냐. 평균보다야 낫겠지만."

로드의 말에 담담하게 대답하는 가우리.

가우리는 지식, 상식, 지능, 인식력은 전무하지만 검술 실력만
은 초일류이다. 나 역시 검은 보통 전사 이상으로 잘 쓰지만 그래
도 그의 기술에는 당해낼 수 없었다.

로드는 한눈에 그의 기량을 간파했던 것이다.

"한번… 겨뤄보고 싶군."

"의뢰 이야기가 먼저잖아."

가우리는 가볍게 받아넘겼다.

"그래, 그래. 일이 끝난 뒤에도 얼마든지 서로를 죽일 수 있어."
내가 말했다.

"위험한 소리 좀 하지 마."

그는 내 머리를 손가락으로 쿡 찔렀다.

이곳, 아트라스 시티.

리트한 공의 바일성(城)을 올려다볼 수 있는 이 마을은 교통의 요지로 번성한 성시(城市)이다.

낮에는 거리에 노점과 포장마차가 길을 가로막고 들어서고 사람들로 우글거렸다. 도처에서 싸움이 일어났고 소매치기와 날치기도 흔했다. 그 치기배들을 붙잡아서 다 함께 두들겨 패는 광경도 드물지 않게 볼 수 있는, 어찌 됐든 꽤 즐거운 마을이다.

하지만 이 시간이 되면 썰물이 빠지듯 거리는 활기를 잃는다.

일찍부터 짐을 꾸리기 시작하는 노점상들.

예쁜 머리 장식을 자랑스럽게 꽂고 가벼운 발걸음으로 귀갓길에 오르는 소녀.

거리가 내려다보이는 언덕 위에 붉게 물든 채 솟아 있는 성은 한 폭의 거대한 그림을 연상케 했다.

일행은 성 쪽으로 향하고 있었다.

커다란 건물이 눈에 띄게 늘어갔다. 이곳 역시 성시답게 성에 가까워질수록 공공시설이 많았고 주민들의 지위며 생활수준도 높아졌다.

마법사 협회의 건물은 성 바로 옆에 있었다.

이러한 큰 마을에는 대개 성당이나 마법사 협회, 전사 소개소 등이 존재하고, 행정에 대해 나름대로 발언권도 가지고 있는 법인데….

이곳 마법사 협회는 세이룬의 승려 연맹 정도는 아니라고 해도 상당한 발언권을 가지고 있었다. 때로는 영주인 리트한 공조차 뛰어넘을 정도로.

분명 이곳 평의장쯤 되면 그 자리를 두고 권력 다툼이 일어나도 이상한 일이 아니기는 하지만….

본래 '진리의 탐구자'여야 할 마법사가 권력 다툼에 정신을 못 차리고 있다니 같은 마법사로서 용납이 되지 않는다.

뭐, 내가 진리를 탐구하고 있는지는 접어두더라도….

마을에는 이제 땅거미가 지고 있었다.

리트한 공 직속의 마법사들이 가로등에 '라이팅' 주문을 걸면서 돌아다녔다.

음…, 점심시간이 꽤 지난 시각에 음식점에 들어가긴 했지만 벌써 저녁이라니, 그럼 밥과 난투만으로 거의 한나절을 허비한 셈인가. 그리 보람찬 하루였다곤 할 수 없겠는걸.

"그런데 리나."

가우리가 중얼거리듯 작은 소리로 말했다. 나에겐 들려도 앞에서 걷고 있는 로드에겐 들리지 않을 정도의 목소리.

"어째서 의뢰 내용을 듣겠다고 한 거지? 이 마을에선 일하지 않겠다고 한 건 너였잖아."

그랬다.

이 아트라스 시티에서는 휴식을 취할 생각이었다.

얼마 전 우연한 일로 상당히 터무니없는 사건에 말려들어 꽤 많은 힘을 소모했다.

그래서 그에게 '여기서는 일절 의뢰를 받지 말 것'이라고 못을 박은 것도 다름 아닌 나였다.

그런데….

"그때 그렇게 안 했으면 무사히 그곳을 빠져나갈 수 없었을 거야."

나도 작은 목소리로 말했다.

"그리고 난 단순히 이야기를 듣겠다고 했을 뿐이야. 듣기만 하고 안 한다고 하면 그만이라고."

"하지만…."

가우리는 벅벅 머리를 긁었다.

"그 타림이라는 남자의 소문을 듣자 하니 '싫다면 어쩔 수 없지. 그럼 잘 가게.'라고 말할 것 같지는 않은데…."

"그때는 실력 행사를 하면 되는 거야. 그렇게 되면 잘 부탁해, 가우리."

떨떠름한 표정을 짓는 가우리.

"너와 함께 여행을 하면 왠지 오래 살지 못할 것 같다는 생각이 들어."

"나도 그렇게 생각해."

나는 싱긋 미소 지었지만….

그 미소는 곧 얼어붙었다.

당황해서 주위를 둘러보았다.

눈에 띄는 것은 지나가는 인파뿐.

"왜 그래, 리나?"

가우리가 물었다.

"아니, 방금 시선이…. 누가 우리를 보고 있는 것 같아서…."

"뭐야, 너도 느꼈어?"

그는 태연하게 말했다. 이봐, 이봐….

"뒷길로 가자."

로드는 작게 중얼거렸다.

썩은 냄새가 코를 찔렀다.

어딘가에서 개가 짖고 있었다.

벽돌로 지어진 지저분한 집들이 높은 처마를 맞대고 있는 이곳에는 석양빛도 비치지 않았다.

큰길에서 길을 하나 바꾼 것만으로도 거리의 모습은 확 달라진 상태였다.

뭐, 이런 큰 마을에선 흔한 일이긴 하지만….

눅눅하고 탁한 공기 속을 걷고 있는 것은 우리뿐.

로드가 이 길을 굳이 선택한 이유를 대충 알 것 같았다.

그 역시 그 시선을 눈치채고 일부러 이 인적 없는 길로 들어온 것이다.

시선의 주인을 맞이하기 위해서.

성미도 급하지.

로드의 발이 딱 멈추었다.

"이제 됐지?"

누구에게 한 말인지는 알고 있었다.

"암살자 여러분, 이제 장난은 그만하자는데?"

나는 크게 소리를 질렀다.

기척이 움직였다.

앞길을 막는 형태로 여기저기 건물 그림자에서 몇 명의 남자들이 모습을 드러냈다.

돌아보니 뒤쪽에서도 역시 남자들이 몇 명 다가오고 있었다. 다들 도적단이라고 해도 충분할 만큼 훌륭한 복장을 하고 계셨다.

그건 그렇고….

아까 느낀 시선이 여럿이긴 했지만….

그 안에서 소름이 돋을 정도의 기척을 느꼈는데.

착각이라도 지금 우리 눈앞에 있는 녀석들 중에는 도저히 있을 것 같지 않은 거물의 기척이었다.

그건 대체…?

착각은 아니었을 텐데….

"타림의 경호원이렷다."

남자 중 한 사람이 말했다.

일단 나는 눈앞의 현실로 마음을 돌렸다.

"아직 그렇게 결정된 건 아닌데…."

딴청 피우는 척 말하는 가우리.

"어찌 됐든 죽일 생각이겠지."

차갑게 로드가 말했다.

남자들은 낮은 웃음소리를 냈다.

"이렇게 된 이상 너희의 실력을 볼 수밖에 없겠군."

로드는 우리에게, 아니 가우리를 향해 말했다.

뭐가 '이렇게 된 이상'이야! 이렇게 만든 것이 대체 누군데!

"미안하지만 사양하겠어."

나는 딱 잘라 말했다.

"아직 이 일을 맡기로 한 것도 아닌데, 여기서 이 녀석들과 싸우면 어쩔 수 없이 일을 맡을 수밖에 없잖아.

유감이지만 너의 의도대로 되어줄 생각은 없어."

"내 의도?"

로드는 차가운 시선을 나에게 던졌다.

"난 가능하면 너희들이 이 일을 맡지 않길 바라는데?"

"뭐?"

"같은 편이 되면 못 싸우니까."

그는… 내 뒤쪽에 서 있는 가우리를 물끄러미 바라보았다.

정말 위험한 녀석이다.

"하지만 네 말이 일리는 있다. 이 녀석들은 내가 상대하지."

그는 딱 잘라 말했다.

자객들이 동요한 기색을 보였다.

열 명에 가까운 상대를 혼자서 해치운다. 말은 쉽지만 실행하기란 하늘과 땅 차이의 실력 차가 없으면 불가능한 일이다.

하지만 로드라면 남자들을 압도할 만한 실력을 가지고 있을 것이다.

나도 자세를 보면 상대가 어느 정도의 실력을 가지고 있는지 대충 짐작은 할 수 있다. 하지만….

분명히 말해 이 자객들은 약하다!

고용한 것은 틀림없이 타림과 적대시하고 있다는 데이미아겠지만….

아무리 그래도 질이 너무 떨어졌다.

기껏해야 신참 티를 벗을까 말까 하는 정도의 실력으로 보였다.

그 점을 알고 있기에 나는 로드를 가리키며 자객들에게 말했다.

"들었지, 너희들! 우리를 죽일 생각이라면 먼저 이 남자부터 해치우도록 해!"

"그렇게 말하면 쟤들이 너무 불쌍하잖아."

가우리가 쓴웃음을 지었다. 물론 그도 남자들이 로드의 적수가 아니라는 사실은 알고 있을 것이다.

"빌어먹을, 우릴 얕보다니!"

한 남자가 개성이고 뭐고 없는 대사를 읊더니 로드를 향해 돌진했다. 그것을 신호로 다른 남자들도 검을 뽑았다.

로드는 차가운 시선을 한 채 등에 메고 있던 검의 손잡이에 손을 가져갔다.

달렸다.

검은 선풍과 교차한 순간, 자객의 목은 하늘 높이 치솟았다.

뒤따르던 남자는 상대의 실력을 보고 주춤했다.

하지만 늦었다.

로드가 그 옆을 지나친 순간, 남자의 인생에 마침표가 찍혔다.

자객들은 너무도 쉽게 전의를 상실했다.

"칫, 후퇴해라!"

뒤쪽에서 다가오던 남자들 중 한 사람이 외쳤다. 근성이라곤 눈곱만큼도 찾아볼 수 없지만 가장 현명한 판단이다.

하지만….

발길을 돌린 그들 앞을 한 남자가 막아섰다.

손에는 뽑아 든 바스타드 소드.

퉁퉁 부어터진 얼굴.

아까 음식점에서 만난 란츠였다.

"으…."

남자들의 움직임이 멎었다.

한 사람이 달려들었지만 한두 번 검을 마주했을 뿐 너무도 쉽게 쓰러졌다.

호오, 의외로 센데? 저 녀석.

그때 전방의 적을 해치운 로드가 달려왔다.

일방적인 살육은 눈 깜짝할 사이에 끝났다.

나와 가우리가 뭐라고 말할 틈도 없이.

로드는 검에 묻은 피를 대충 머플러로 닦으면서 란츠 쪽으로 시선을 돌렸다.

"로드 씨 일행을 쫓듯이 가게에서 나간 녀석들이 있어서요."

로드가 입을 결기도 전에 란츠는 계속해서 지껄였다.

"그래서 무심코 따라와 봤는데 아니나 다를까, 쓸데없는 짓이라는 생각은 들었습니다만."

"쓸데없는 짓이었다."

쌀쌀맞게 말하는 로드. 순간 말문이 막힌 란츠는 화제를 바꾸려는 듯했다.

반감 어린 시선으로 나와 가우리를 잠시 바라보았다.

"하지만 로드 씨, 이런 짜리몽땅한 계집애와 흐리멍덩한 형씨가 정말 쓸모가 있을까요?"

짜… 짜… 짜리몽땅?!

"란츠…."

내가 입을 열기도 전에 로드가 중얼거렸다.

움찔 몸을 떠는 란츠.

"내가 발견한 손님이다."

즉 우리의 실력을 의심한다는 것은 다름 아닌 로드의 눈을 의심한다는 말이 된다.

그 말이 내포하고 있는 의미를 깨닫고 란츠는 창백하게 질렸다.

"죄… 죄송합니다, 로드 씨."

"뭐, 됐어."

로드는 여전히 음습한 투로 대답하더니 그 후로는 그에게 눈길도 주지 않고 걷기 시작했다.

그 뒤를 따르는 우리.

뒤에서 란츠가 작게 투덜거리는 소리가 뚜렷하게 들려왔다.

나는 허리에 손을 올리고 빙글 돌았다.

불만이 있으면 대놓고 말해!

내가 그 말을 하는 것보다 한 박자 빠르게….

우지끈….

발밑의 땅이 변했다.

"뭐… 뭐야, 이게!"

란츠가 외쳤다. 그의 다리가 정강이 부분까지 파묻혀 있었다.

갑자기 진흙의 바다로 변한 골목길의 땅에.

"리나, 이 녀석은 네 상대로군."

역시 발이 진흙탕 속에 파묻힌 채 태연하게 말하는 가우리.

"알고 있어."

나는 말했다.

참고로 로드 역시 발이 땅에 파묻힌 채 유유자적하게 사태를 관망하고 있었다.

나는 새롭게 나타난 기척 쪽으로 눈길을 돌렸다.

"호오, 마법사인가?"

어슴푸레한 하늘을 등지고 하늘에 떠 있는 한 남자가 말했다.

검은 망토에 후드, 목에는 보석 애뮬릿. 블로 데몬(사요정)의 얼굴을 본떠 만든 좌우의 숄더 가드.

참고로 말하자면 창백한 안색.

전형적인 마법사였다.

"그렇다면 아까 녀석들은 우리의 실력을 가늠해 보기 위해 당신이 보낸 사람들이겠군."

"그래. 녀석들은 멋지게 그 역할을 다해주었지."

마법사는 씩 웃었다.

"베히모스(땅의 정령)에 간섭하여 땅을 늪으로 바꾸어 움직이지 못하게 한 다음 위에서 공격. 꽤나 좋은 작전이지만… 유감스럽게도 내가 있었어."

나는 마법사를 올려다보며 말했다.

진흙의 바다 위에 선 채로.

'레비테이션(부유)' 마법이었다.

발밑으로 전해지는 땅의 감각이 바뀐 순간, 나는 즉시 마법을 써서 진흙탕 속에 빠지는 것을 막았던 것이다.

"너 따위가 있든 없든 마찬가지야. 데이미아 님을 거스르는 자는 나, 마법사 카루아스가 해치워 주겠다."

"할 수 있으면 해봐."

나는 둥실 공중에 떠서 도중에 주문을 전환했다.

"레이 윙[翔封界]!"

순식간에 마법사의 옆으로 날아간다.

"아니!"

경악해서 소리를 지르는 카루아스.

바람의 결계를 몸에 두르고 고속으로 비행하는 이 술법은 '레비테이션'에 비해 제어가 어렵다는 것과 쓸모가 그리 많지 않다는 이유로 지금은 사용하는 사람이 거의 없다. 하지만 사용하기에 따라 꽤 도움이 된다.

눈앞에 있는 마법사는 지금 땅을 진흙으로 바꾸는 마법, 그리고 '레비테이션'의 두 가지 마법을 사용하고 있다.

설사 어떤 마법사라 해도 동시에 쓸 수 있는 마법의 숫자는 기껏해야 두 개가 고작이다.

물론 큰 기술은 무리.

나도 '레이 윙'을 사용하고 있기에 '라이팅' 같은 기술이라면 몰라도 공격 주문은 쓸 수 없다.

하지만 카루아스 쪽은 이제 더 이상의 주문을 쓰는 것이 불가능할 터였다.

마법사가 이쪽으로 방향을 바꾸었다.

"받아라, 꼬마 계집애!"

카루아스 앞에 여러 개의 '플레어 애로'가 나타났다.

말도 안 돼!

"우와아아앗!"

나는 날아오는 화살을 피했다.

바람 결계의 힘을 제어하면 이 정도의 허접한 공격은 가볍게 피할 수 있지만 그보다는 놀라움이 앞섰다.

"훗, 왜 그래? 꽤 놀란 것 같은데."

말하면서 크게 웃는 카루아스. 양어깨의 숄더 가드도 그를 따라

웃기 시작했다.

숄더 가드…?

보통 그런 것은 웃지 않을 텐데… 그렇다면…?

"이렇게 된 거야."

당당하게 말하는 카루아스.

"이 녀석들은 단순한 숄더 가드가 아니야. 살아 있지."

살아 있어? 저 어깨에 붙어 있는 블로 데몬이?

분명 블로 데몬은 그리 높지 않은 수준의 공격 마법을 사용하긴 한다.

머리 크기도 카루아스가 어깨에 올려놓은 것과 거의 비슷하다.

하지만 동체는?

블로 데몬의 몸이 인간에 비해 꽤 작다곤 해도 마법사의 망토 속에 쏙 들어갈 만한 크기는 아니다.

"이 녀석들은 평범한 블로 데몬이 아니거든. 데이미아 님께서 내게 하사하신 귀여운 키메라들이지. 덕분에 나는 동시에 세 개의 주문을 쓸 수 있다!"

친절하게 설명을 해 주는 카루아스.

잘난 척하지 마.

요컨대 그는 블로 데몬 두 마리의 도움을 받고 있었던 것이다.

땅을 늪으로 만드는 주문의 유지와 제어, '레비테이션', 그리고 공격 주문.

그 세 개를 블로 데몬 키메라 두 마리와 카루아스가 각각 담당했던 것이다.

그것을 아무래도 자기 실력으로 착각하고 있는 모양인데….

이런 녀석을 보면 화가 난다.

"빛이여!"

나는 '라이팅' 주문을 카루아스에게 쏘았다. 기동성이 낮은 '레비테이션'으론 이것을 피할 수 없을 것이다.

"우왓!"

외치는 마법사.

내가 쏜 빛의 구슬은 정확하게 그의 눈을 태웠다.

"어… 어디 있는 거냐, 이 계집애!"

아우성치는 카루아스.

꿰엑!

오른쪽 어깨에 있는 블로 데몬이 울었다.

"위?!"

그 말을 알아들었는지 아직 시력이 회복되지 않은 상태에서 위를 올려다보는 마법사.

퍼억!

그 얼굴에 정확히 나는 착지했다. 눈가림용의 '라이팅'을 쏜 직후, 레이 윙으로 마법사 위로 날아가서 술법을 푼 것이다.

푸욱!

마법사는 자신이 만든 진흙의 바다에 고꾸라졌다.

깔끔하게 상반신이 진흙 속에 파묻혔다.

진흙 위로 노출된 엉덩이 위에 나는 사뿐히 올라섰다.

다음 주문은 낙하하면서 이미 다 외운 상태였다.

"프리즈 애로(freeze arrow)!"

냉기의 화살이 땅에 박혔다.

순식간에 얼어붙는 진흙의 대지.

마법사는 움찔하고 몸을 한번 떨더니 그 후로 두 번 다시 움직이지 않았다.

블로 데몬들도 방금 공격으로 최후를 맞았는지 술법이 풀려, 대지는 원래대로 딱딱한 지면을 되찾았다.

대단한 것처럼 지껄인 것치곤 별것 아니었다.

마법을 동시에 여러 개 쓸 수 있다면 그만큼 강할 거라 생각한 것이 카루아스의 최대 패인이었다.

마법은 쓰기 나름인 것이다.

"어때, 내 실력이?"

나는 세 사람 쪽을 돌아보았다.

아.

"아무래도 좋으니까… 어서 어떻게 좀 해."

란츠가 말했다.

다른 두 사람과 마찬가지로 얼어붙은 지면에 하반신이 파묻힌 채 떨면서.

로아니아 양고기 보쌈이 맛있다!

향신료가 잘 배합된 고기와 푸른 채소를 함께 볶은 요리, 순하고 아릿한 향기의 벌꿀 술. 새우튀김이 또 일품!

제공된 저녁 식사는 꽤 호화로웠다. 공식적인 자리가 아니고 로드와 타림이 이 자리에 없었다면 더할 나위 없겠지만.

보라색의 타림이라는 인물은 뚱뚱하게 살찐 초로의 남자였다.

이 '보라색'이니 '청색'이니 하는 것은 마법사 협회가 요직에 있는 자나 특별한 공로가 있는 자에게 같은 색의 로브며 망토와 함께 수여하는 일종의 칭호 같은 것이다. 계급을 나타내는 것은 아니므로 어느 색이 더 높다는 것은 없지만.

여담인데 사실 나도 고향에 있는 마법사 협회로부터 특별 손님 취급으로 색의 칭호를 받은 바 있다.

협회 공식 행사에 참석할 땐 그때 받은 망토와 로브를 입고 출석하게 되어 있는데….

나는 그 행사에 한 번도 얼굴을 내민 적이 없다.

그런 예복을 어떻게 입어!

핑크!

가지고 집에 갔을 때 고향에 있는 언니가 얼마나 웃었던가.

"'핑크의 리나'! 술집 종업원이니, 너?"

시끄렷!

애당초 그런 색을 골라준 녀석이 나빠!

"여자니까 귀여운 핑크로…."

세상 어디에 분홍색 옷을 입은 흑마법사가 있다는 거야!

"필요 없어, 이딴 거!"라고 할 수도 없어서 그 자리에선 어색한 미소를 지으며 받고 말았지만….

여하튼 내 핑크도 그렇지만 여기 타림의 보라색도 꽤 만만치 않은 색깔이다.

보라색 자체는 특별할 것 없지만 유감스럽게도 이 색은 사람을 탄다.

약간 신비스러운 분위기가 있는 날씬한 미남이라면 분명 어울리는 색깔일 것이다. 하지만….

식탁 다리가 부러지게 온갖 종류의 음식이 차려져 있는 앞에서 줄곧 음식을 입에 처넣고 있는 뚱뚱한 영감이 선명한 보라색 옷을 걸치고 있는 것은….

그리 식욕을 돋우는 광경이 아니라는 것은 확실하다.

게다가 완전히 벗겨진 머리에 계속해서 작은 눈을 깜빡이며, 식사 중인데도 와인 대신인지 잎궐련을 뻑뻑 피우고 있는 것이 괘씸하다!

"식사 중에 담배 피우지 말란 말이야!"라고 외치면서 브람 블레이저[靑魔烈彈波] 같은 것을 한 방 먹여주고 싶었지만 간신히 그 충동을 억눌렀다.

나도 참 많이 성장했다.

그의 이야기, 평의장 실종 후의 두 사람의 대립 구도는 마을에서 들은 내용과 그리 다르지 않았다.

다른 것이 있다면 일방적으로 데이미아가 공격하고 있다는 것. 타림의 주장에 따르면 용병을 고용한 것은 어디까지나 경호 차원이라고 한다.

"모쪼록 자네들이 나의 보데가드를 맡아주길 바라네."

그는 외견에 어울리지 않게 가늘고 높은 목소리로 말했다.

혀가 짧은지 보디가드라고 제대로 발음을 못 하는 것이 인상적이었다.

"녀석은 매번 나한테 암살자를 보내지만, 그렇다고 해서 나까지 같은 짓을 할 생각은 없다네."

글쎄… 과연 그럴까?

"뭐… 녀석은 내가 평의장이 된 후에 적당히 처리할 생각이야. 이크, 이런 발언은 오해를 부르겠군. 권력을 몰수하겠다는 뜻이지."

"하지만… 데이미아가 평의장이 되면 어쩌시려고요?"

나의 물음에 그는 웃으며 손을 저었다.

"아, 그럴 리는 없어. 다음 평의장은 내가 될 테니까. 물론 녀석의 마력도 강력하긴 하네. 아마도 내 능력을 두 단계는 상회하겠지. 귀족가의 차남이기도 하니 약간의 배경도 있을 테고. 하지만 녀석은 말이지…."

말을 끊고 그는 자신의 머리를 가리키며 목소리를 낮추었다.

"조금 이상해, 여기가."

"그런가요…."

나는 모호한 대답을 했다.

가우리는 애당초 이야기를 들을 생각이 전혀 없는지 묵묵히 채소볶음 속에서 피망을 가려내는 작업에 열심이었다.

그건 아무래도 좋지만…

그런 그에게 시선을 기울인 채 타림의 곁에 우두커니 서 있는 로드.

여전히 살기를 주위에 흩뿌리고 있다.

이 녀석도 피곤한 녀석이다.

"본래 무언가를 탐구하는 것이 마법사의 본분인데, 녀석은 그것을 장난으로 생각하고 있어."

"뜨끔하지, 너?"

갑자기 옆에서 끼어드는 가우리.

그런 부분만 골라 듣지 마!

나는 테이블 밑에서 힘껏 그의 발을 밟아주었다.

하지만 눈썹 하나 까딱하지 않고 피망 선별 작업을 계속하는 가우리.

어떤 의미로는 대단한 녀석이다.

그런 일이 테이블 밑에서 일어나고 있을 거라곤 생각지도 못하는 타림.

"'불사의 연구'라는 미명하에 호문쿨루스(인조인간)니 키메라니 하는 것을 만들어서 혼자서 좋아하는 녀석이야. 취미로 생명을 가지고 놀다니 상종하면 안 될 녀석이지, 정말….”

그는 꽤 분개한 모습으로 말했다.

"불사… 라….."

나는 작게 중얼거렸다. 영원한 생명이라는 것에 정열을 불태운 사람은 결코 적지 않았다.

5백 년 전 영화를 누리던 레티디우스 공국의 공왕은 불로불사의 몸을 얻겠다는 일념으로 나라 안팎에 막대한 포상금을 걸고 '불로불사'를 찾았다.

그 결과….

'불사의 탐구'라는 명목으로 학살과 약탈이 공공연히 횡행하여 나라 안팎은 더할 나위 없이 혼란스러워졌다. 결국 내란과 외적에 시달리다 공국은 멸망하고 왕은 참수당했다.

불사의 비법을 찾는다는 포고를 낸 지 불과 2년 후의 일이었다. 지금은 마법사 사이에서 '암흑시대'라고 불릴 정도의 이야기이다.

일일이 예를 들어 소개하지는 않겠지만 당시엔 여러 가지 끔찍한 실험이 공공연히 행해졌다고 한다.

생각해보면 될 것이다. 자신이 개발한 '불사의 약'을 실험 대상에게 먹인 후 정말로 효과가 있는지 가장 손쉽게 확인할 수 있는 방법이 무엇인지.

온갖 실험이 이루어졌지만 모두 실패했다.

기록은 정확히 남아 있지 않지만 2백 년 이상을 산 마법사도 있었던 것 같다.

마족과 불사의 계약을 맺은 사람조차 있었다.

하지만 그들이 얻을 수 있었던 것은 일시적인 불사….

'존재'한 이상 '소멸'은 피할 수 없는 법.

그것을 마법으로 어떻게 하려고 한 자체가 무리였을지도 모른다.

어쨌거나 지금 이야기가 맞는다면 그 데이미아 부평의장이라는 사람은 적어도 나서서 사귀고 싶지 않은 인물이라는 것만은 확실했다.

"평의회 선출 위원들도 그 점은 잘 알고 있지. 녀석을 평의장으로 뽑는 일만은 절대 없을 거야."

"그런가요?"

무덤덤한 대답을 연발하는 나. 지금은 그렇게 대답할 수밖에 없었다.

"나의 경우엔 마법에 쓰이는 언어를 연구하고 있는데…."

갑자기 관계없는 이야기를 시작하는 타림 부평의장.

이… 이건 설마 자기 자랑?!

꼭 있다, 일단 계기만 생기면 자랑을 하려고 하는 녀석이! 그런 녀석들은 비슷한 말을 여러 번 되풀이하며 듣는 사람이 죽고 싶어질 정도로 오랫동안 길게 이야기한다.

"마법이라는 것은 도구와 의식을 필요로 하는 것도 다수 있지만, 뭐니 뭐니 해도 가장 중요한 요소는 인과 관계를 구성하는 말, 즉 '주문'이지. 하지만 어째서 말이라는 것에 그런 초자연적인 큰 힘이 있고, 대체 어떠한 작용에 의해 그 힘이 발생하는지… 뭐, 그런 것을 연구하고 있다네."

이런… 본격적으로 길어질 것 같다.

나는 화제를 바꾸기로 했다.

"그런데 실종된 할시폼 평의장은 어떤 연구를 하고 계셨죠?"

내가 억지로 끼어들자 타림은 움찔하고 몸을 떨었다.

음…?

말이 중간에 잘려서 기분이 상한 것처럼 보이지는 않았다. 분명
동요하고 있다.

"아, 평의장은… 말이지…."

말까지 더듬는다.

"생명… 생명…… 그래, 그래. '생명'에 관한 연구를 했던 것 같
아."

그제야 생각났다는 듯 대답했다. 무언가를 감추고 있다는 것이
노골적으로 드러났다.

"그런데… 평의회의 내막을 그렇게 밝혀도 되나요?"

나는 힐끔 타림을 쳐다보았다.

"전 아직 이 의뢰를 맡는다고 하지 않았는데…."

"아…."

가볍게 손을 젓는 부평의장.

"물론 아가씨가 싫다면 이 이야기는 없던 걸로 하겠네."

"예?"

엉겁결에 얼빠진 목소리로 되물었다.

"싫어하는 것을 억지로 시켜봤자 좋은 결과는 기대할 수 없으니 말이지. 결국은 본인 의사가 중요한 법이야."

으음.

솔직히 말해 난 좀 더 이야기가 꼬일 거라 생각하고 있었다.

농담이 아니라 정말 일전을 벌일 각오까지 했는데.

본심에서 나온 말인지 어떤지는 둘째치고 이렇게 순순히 나오면 오히려 허탕을 친 기분이 든다.

"어쨌거나 나도 나이를 먹을 만큼 먹었지만 아직 죽고 싶진 않네. 실력 있는 경호원을 찾고 있는 것은 사실이야. 좋은 대답을 기대하지."

그는 그렇게 말하면서 테이블 너머로 어색한 윙크를 보냈다.

우읍.

나는 잘못하면 입 안에 든 스튜를 내뿜을 뻔했다.

마을은 완전히 어둠에 잠겨 있었다.

인적이 끊긴 큰길을 나와 가우리만이 걷고 있었다.

좀 더 아랫마을로 가면 여행자를 상대하는 여관이나 술집이 아직 불을 밝히고 있는 곳도 있겠지만 이 근처는 주택가였다.

이미 다들 잠자리에 들었는지 늘어선 집들 창에서는 불빛이 새어 나오고 있는 곳은 별로 없었다.

길은 어두웠다.

물론 이 부근에도 '라이팅' 주문이 걸린 가로등이 있긴 했다. 하지만 효과 시간을 길게 하기 위해 광량을 억제하고 있어서 차라리 하늘에 떠 있는 보름달이 더 밝을 정도였다.

'생각해보겠다'는 상투적이고 모호한 대답을 남기고 타림의 집을 뒤로했지만 역시 전혀 의욕은 생기지 않았다.

먼저 무엇보다 맘에 안 들었던 것은 내가 이름을 밝혔을 때 '아, 그래?'라는 무덤덤한 반응을 보였다는 것.

반응이 약해서 이러는 것이 아니다.

자랑은 아니지만 내 지명도는 상당히 높다.

물론 안 좋은 쪽 지명도지만.

여기저기서 분별없이 드래곤 슬레이브 따위를 날려 자연 파괴에 힘쓰고 있다는 둥, '마법의 실험'이라는 명목 하에 해안에 커다란 죽음의 구멍을 만들었다는 둥….

사실무근이 아니라는 것이 더욱 화나는 점이다!

어쨌거나 이렇게나 큰 마을에 있는 마법사 협회의 부평의장쯤 되는 인물이 그런 소문을 모를 리 없을 터.

그럼에도 내 이름을 듣고도 동요하지 않았다는 것은….

아마도 내 말을 믿지 않았기 때문일 것이다.

어차피 유명인을 사칭하는 가짜겠지.

그래도 쓸 만하면 그만이다.

우리를 그런 식으로 생각하고 있었을 것이다.

할시폼 평의장에 대해 물었을 때 뚜렷이 동요한 기색을 보이며 모호하고 무난한 대답을 하는 걸로 보아 무언가 사연이 있는 것 같긴 하지만… 군이 따져 묻지 않은 것은 애당초 의뢰를 받아들일 생각이 없었기 때문이다.

생각에 잠겨 있을 때 갑자기 뒤쪽에서 누군가 소매를 잡아끌었다.

"이봐…."

가우리였다.

"돌아가는 길은 이쪽이야."

못 말리겠다는 듯한 어투였다.

"아무리 물을 타서 묽게 하긴 했어도 술은 술이야. 입에 당긴다고 그렇게 벌컥벌컥 마시면 취하는 게 당연하잖아."

취하지 않았다니깐.

"루가 쥐해따는 거야, 루가."

내가 그렇게 대답했다.

아니… 그러니까 혀는 좀 꼬였지만 의식은 멀쩡하다고! 길을 잘못 든 것도 생각에 빠져 있었기 때문이고.

그건 그렇고 가우리는 물을 타지 않은 술을 꽤 마셨을 텐데 발음도 또박또박하고 걸음걸이도 흔들림이 없다.

"어쨌거나 잘 따라와."

"응…."

나는 그의 등을 이정표 삼아 뒤따랐다.

하지만 몇 발짝 못 가 그의 등에 쿵 부딪쳤다.

"갑다기 멈터 스지 마…."

말을 꺼낸 그 순간….

익숙했던 밤의 어둠이 완전히 이질적인 것으로 바뀌었다.

가우리의 눈이 가리키는 방향으로 나는 시선을 돌렸다.

달이 가려져 있었다.

구름이 아니다.

지붕 위에 우뚝 선 두 개의 검은 그림자가 달빛을 차단하고 있었던 것이다.

풍겨오는 요기(妖氣) 때문에 순식간에 술에서 깼다.

나는 무심코 중얼거렸다.

"러거슨…."

하지만 역시 혀는 잘 돌아가지 않았다.

말해두지만 나는 취하지 않았다

적어도 누군가의 집 지붕에 엉겨 있는 저 두 개의 그림자는 알코올이 만들어낸 환상이나 꿈이 아니었다. 그리고 이 요기….

요마(妖魔)와 만난 적이 없는 사람에게 이 감각을 어떻게 설명해야 좋을까? 그래, 굳이 말하자면 냉기에 악취를 더한 듯한 감각….

"마족이군."

중얼거린 것은 가우리였다.

망토를 바람에 나부끼며 우뚝 서 있는 것은, 가면극에 쓰는 으마의 가면을 하얗게 만들어 쓰고 검은색 터번으로 눈 이외의 부분을 가린 마족이었다.

달을 등지고 있어서일까, 가면 속 눈 이외의 부분은 나부끼는 망토 형태를 한 검은 어둠으로밖에 보이지 않았다.

그 옆에 웅크린 사람의 형태를 본뜨려다 만 것 같은 검은 덩어리는 밋밋한 검은 가면 위에 타일을 짜 맞추어 만든 듯한 하얀 가면의 왼쪽 절반을 붙여서 쓰고 있었다.

그래, 그제야 알 수 있었다.

낮에 데이미아가 고용한 자객들과 함께 시선을 보냈던 것은 다름 아닌 이 녀석들이다.

펄럭.

쌍가면의 머리카락이 바람에 나부꼈다.

그는 이상하리만큼 긴 손가락으로 우리를 가리켰다.

"타림의 손님인가?"

끈적끈적하다고 표현할 수밖에 없는 목소리로 말했다.

하얀 가면 쪽에 묻힌 녹색의 보옥이 일순 흐릿하게 빛났다.

저것이 쌍가면의 '눈'인가?

"설마 녀석의 의뢰를 받아들이진 않았겠지? 그만두는 게 좋을 거야, 오래 살고 싶다면…."

"우리의 말에 귀 기울이는 것도 좋고 거스르는 것도 좋다. 어찌 됐든 그것은 너희의 선택이니까."

갑자기 엄숙하다고도 할 수 있는 하얀 가면의 조용한 목소리가 울려 퍼졌다.

성당 신부라도 하면 여성 신자가 꽤 늘 것 같은 멋진 목소리였다.

나는 코웃음 쳤다.

"무른 노리야, 러리드란데 느런 노리를 드를 이유 다인 업떠!"

박력에 압도되어(아마도) 뒷걸음질 치는 두 마족.

"'무슨 소리야, 너희들한테 그런 소리를 들을 이유 따윈 없어!'라고 그녀는 말하고 있다."

진지한 얼굴로 통역하는 가우리.

혀를 차는 쌍가면.

"어떻게 할까요, 세이그람 님? 이런 주정뱅이들 따위, 진지하게 상대할 생각도 들지 않습니다만…"

"신경 쓰지 마라, 기오. 우리에게 부여된 임무는 경고를 하는 것뿐, 그것을 달성했으니 됐다."

하얀 가면, 세이그람이라 불린 마족은 씁쓸하게 말했다.

작게 한숨을 쉰 쌍가면 기오는 우리에게 말했다.

"어쨌거나… 이번 일에서 손을 떼라. 알았지?"

"'어때꺼나 이보 닐에서 논을 내라. 나라띠?'라고 녀석은 말하고 있다."

진지한 얼굴로 나에게 통역하는 가우리.

그런 건 통역 안 해도 돼! 무슨 생각을 하는 거야!

어쩌면 이 녀석도 취했는지 모르지.

"분명히… 전했다."

말이 끝나자마자….

두 마족은 둥실 하늘에 떠오르더니 순식간에 어둠에 녹아들었다.

엉겨 있던 독기가 흩어졌다.

남은 건 변함없이 환한 빛을 발하는 둥근 달.

"호오, 이 리나 니메에 노런아다니 매땅 하번 노은걸."

"'호오, 이 리나 님에게 도전하다니 배짱 한번 좋은걸.'이라고 말하고 있다."

나의 혼잣말을 가우리가 하늘 저편을 향해 통역했다.

취했어! 이 인간 분명 취했어!

다음 날 아침, 몸 상태는 결코 나쁘지 않았다.

나는 옆방에서 자고 있는 가우리를 두들겨 깨우고, 여관 1층에 있는 식당에서 가볍게 아침 식사를 하면서 앞으로의 일에 대해 논의했다.

"그런데… 녀석들이 대체 누구 같아? 역시 데이미아가 고용한 마족일까?"

"녀석들?"

가우리는 입으로 가져가던 포크를 멈추고 의아한 표정을 지었다.

허점, 발견!

내 오른손이 잽싸게 움직였다.

그의 접시 위에 있는 닭찜 한 조각을 나이프가 관통한 다음 순간, 그것은 이미 내 입 속으로 사라진 뒤였다.

"앗, 너!"

경직 상태에서 벗어난 가우리가 과장된 소리를 질렀다.

"뭐야, 허점을 보인 게 잘못이야."

"호오, 그래? 그렇게 나온다면 나도 생각이 있지. 에잇!"

"아아아아아앗! 내 사랑스러운 달걀프라이를!"

이 녀석, 용서 못 해!

천둥소리를 배경으로 나도 모르게 가운뎃손가락을 세우는 나 (어머~ 천박해!).

"너! 비록 함께 여행하는 동료라고 해도 전사이자 마법사인 나, 리나 인버스의 달걀프라이에 손을 대다니 하늘이 용서해도 나는 절대 용서 못 해!"

"보통 그런 걸 '속이 좁다'고 그러는데 알고 있어?"

"시끄러워! 네가 그렇게 나온다면! 에잇, 에잇!"

"앗, 내 소시지를! 그렇다면 나도! 에잇, 어떠냐!"

"저기, 손님…."

"무슨 짓이야, 이 짐승! 그렇다면 나도, 에잇!"

"우와아아앗! 악마 같은 공격! 그렇다면 이건 어떠냐, 경이로운 2단 페인트 공격!"

"우아아아앗! 이 짐승! 악마! 좋아, 이렇게 된 바엔!"

"저기, 손님…."

"받아라, 나의 필살기! 야압!"

"이 녀석, 마지막 남은 닭고기를 뺏길 것 같으냐! 얍얍얍!"

"손님!"

휘~잉….

문득 정신을 차리고 테이블 위에서 나이프와 포크를 든 채 경직된 우리들.

여관 주인은 소태 씹은 얼굴로 말했다.

"식사는 조용히 하시길 바랍니다…."

들고 있던 포크에서 닭고기가 툭 떨어졌다.

"어쨌거나 녀석들 말인데, 대체 누구라고 생각해?"

의논 장소를 가우리의 방으로 바꾸고 나는 아까 했던 질문을 다시 했다.

"그러니까… '녀석들'이라니?"

작은 테이블을 사이에 두고 앉은 가우리는 좀 전과 같은 말을 되풀이했다.

"무슨 소리야, 어제 만난 두 마족 말이야."

"마족?"

이봐, 이봐….

"거 있잖아, 타림의 집에서 돌아오는 길에 만난 녀석들."

"아!"

가우리가 탁 손바닥을 쳤다.

"그거라면 기억 안 나."

쿠웅!

나는 의자째 옆으로 쓰러졌다.

"그게… 난 어느 정도 이상 마시면 그 뒤의 기억이 싹 사라지고 말거든. 다른 사람 이야기론 전혀 취한 것처럼 보이진 않는다고 하는데…

어제는 타림의 집에서 기억이 끊겼으니까 그 뒤의 일은 전혀 몰라."

"다… 당당하게 말하지 마! 참 나…."

어쩔 수 없이 나는 어젯밤 사건을 이야기했다.

취했었구나. 역시 그때 취해 있었어.

"호오, 그런 일이 있었단 말이지?"

"그래."

"흐음, 역시 하나도 기억이 안 나. 하지만 기억이 안 날 만큼 마셨는데 의식은 또렷했다니… 나도 참 대단해."

"쓸데없는 데 감탄하지 마. 또 이야기가 옆길로 새니까."

"흠…."

가우리는 턱을 괴고 잠시 생각에 빠졌다.

"뭐, 그 마족들도 데이미아의 자객이라 보는 게 타당하겠지."

"그렇겠지, 흔한 패턴이지만."

"그렇다면… 역시?"

쓴웃음을 짓는 가우리.

"당연하지."

나는 의자에서 일어섰다.

"원래 받아들일 생각이 전혀 없었지만 여기서 물러나면 마족에게 쫄아서 도망친 꼴이 되잖아.

받아들이도록 하자, 이번 의뢰!"

거리는 활기가 넘쳤다.

시장에 가게에 거리에 넘치는 사람, 사람, 사람.

우아아아아아~ 짜증 나! 대체 어디서 이렇게 많은 사람이 솟아난 거야!

걷기 힘들다. 좁고 답답하다. 짜증 난다!

큰길을 벗어나 사람의 왕래가 적은 길에 들어선 뒤에야 나는 겨우 한숨을 돌렸다.

물론 '왕래가 적다'고 해도 그것은 큰길에 비해서였다. 역시 이 부근에도 꽤 많은 사람이 모여 있었다. 만약 여기서 헤어지면 일행을 찾기란 꽤 힘들 것이다.

"뭐가 좋아서 이렇게 많은 사람이 모여 있는 건지…."

나는 투덜거렸다.

"있잖아…."

가우리가 말했다.

"우리도 그 '모여 있는 사람'에 포함된다는 거 알아?"

"알고 있어. 그냥 해본 소리야."

그렇게 대답하고 다시 속으로 투덜거리며 가우리의 오른쪽에 나란히 선 채 길을 걸었다.

그런데….

오른쪽에 기척이 하나 생겨났다.

적의도, 살기도 아니지만 분명히 나를 향하는 의식….

"부탁이에요."

여자의 목소리.

목소리의 주인에게 시선을 돌렸다.

하얀 옷을 입은 노을빛 머리카락의 여성. 시선은 앞에 둔 채 입술만을 움직여 말했다.

"이번 일에 관여하지 말아 주세요."

"예?"

엉겁결에 발을 멈추었다.

"왜 그래, 리나?"

가우리가 물었다.

"아니… 방금…."

돌아본 그곳에 그녀의 모습은 없었다.

당황해서 여기저기 두리번두리번 돌아보았다.

찾았다.

조금 떨어진 인파 속에서 그녀는 이쪽을 보며 꾸벅 고개를 숙였다.

무언가 사연이 있는 듯한 눈빛으로.

"아…."

쫓으려고 했지만 이미 늦었다.

그녀의 모습은 이미 군중 속으로 사라진 뒤였다.

나는 멍청히 그 자리에 멈춰 섰다.

퍼억.

누군가와 부딪혔다.

"길 한복판에 우두커니 서 있지 마, 이 꼬맹아!"

꼬맹이?!

퍼억!

나는 주저 없이 그 험상궂은 아저씨의 사타구니를 있는 힘껏 걸어차고 다시 그 자리에 멍청히 멈춰 섰다.

모처럼 분위기에 잠겨 있는데 분위기 깨지 말란 말이야!

2. 아트라스의 밤을 활보하는 이형 병사

"호오, 맡겠다고? 잘됐군. 그거 잘됐어."

정말로 기쁜 듯 말하더니 미스터 타림은 바비큐 꼬치를 물어뜯었다.

그리고 입을 우물거리면서 뻐끔뻐끔 담배 연기를 내뿜었다.

저래서 요리의 맛을 알 수 있을까.

그의 저택 뒤뜰에서 점심 식탁을 사이에 두고 일에 관해 이야기 나누는 우리.

어째서 갑자기 호칭이 '미스터'로 바뀌었나 하면, 어찌 됐든 의뢰를 받아들인 이상 그는 우리의 훌륭한 의뢰인이기 때문.

"이제 마음이 든든하군. 데이미아 멍청이가 영문 모를 암살자들을 보낸다 해도 이제 두 발 뻗고 잘 수 있겠어."

그렇게 말하고 유쾌하게 웃는다.

'유쾌한 얼굴'이라고 하기에는 다소 얼굴 구조에 문제가 있었지만….

"안심하셔도 상관없지만 방심은 하지 말아주시길."

나는 못을 박았다.

"그리고… 호위 기간 말인데요."

"그렇군. 평의장의 선출회가 열리는 때가 반달 후니까 일단 그때까지만 해주게. 그 뒤의 결판은 내가 내지. 보수는… 필요 경비에다… 그래, 하루에….'

미스터 타림이 말한 금액은 내가 예상했던 것보다 상당히 많았다. 어지간히 돈이 남아돌거나, 아니면 생각보다 우리를 높이 사고 있거나 둘 중 하나일 것이다.

물론 마족을 상대하는 것치곤 상당히 부족한 금액이었지만 그것을 알면서도 받아들인 의뢰였다. 불만이 있을 리 없었다.

대충 이야기가 정리되자 일단 우리는 여기저기 둘러보기로 했다. 사전 답사는 중요한 법이니까.

"구경하는 건가? 두 사람."

야유하는 듯한 어조로 말을 걸어온 것은 우리가 집의 1층을 대충 둘러보고 2층 계단에 오르려 할 때였다.

"뭐야, 너였어?"

싫은 얼굴로 나는 말했다.

팔짱을 끼고 기둥에 등을 기댄 채 무시하는 듯한 눈초리로 우리를 바라보고 있는 것은 다름 아닌 란츠였다.

"구경이 아니라 사전 답사라고 하는 거야. 방어 및 퇴각의 포인트를 미리 알아두어야 싸움이 일어났을 때 편해지니까. 뭐, 머릿속에 여자 꿍무니밖에 없는 누군가에겐 실냉해 줘도 모를 거라 생각하지만."

나는 도끼눈을 뜨고 바라보았다. 란츠는 조금 표정을 찡그리나 싶더니 태연한 얼굴로 **뻔뻔**하게 대꾸했다.

"아, 너희였어? 난 또 웬 어린애가 이런 곳에 보호자를 동반하고 어슬렁거리고 있나 했지."

어, 어린애…?

울컥!

나는 다른 사람에 비해 키가 좀 작다. 그건 분명 사실이지만 이런 말을 들으면 화가 난다!

"호오, 그럼 너는 어린애한테 추근대고 엉덩이를 만지는 것이 취미인가 보지? 하긴 그 성격에 친구가 있겠어?"

"으…."

한순간 말문이 막히는 란츠.

"말문이 막히는 걸 보니 아무래도 정곡을 찌른 모양이네? 친구가 없다는 거."

"시… 시끄러워!"

정색을 하는 란츠. 나는 응응, 하고 크게 고개를 끄덕였다.

"뭐, 무리도 아니지. 그 성격으론…."

"그래, 그래. 그런 성격은 하루빨리 고치는 게 좋아."

가우리도 가세했다.

좋아! 잘했어, 가우리! 좀 더 말해줘!

"안 그러면 리나 같은 사람이 되고 마니까."

퍼억!

나는 난간 모서리에 정면으로 머리를 부딪쳤다.

쪼끔 아프다….

"무… 무슨 소릴 하는 거야, 너! 대체 누구 편이야!"

그는 난처한 표정으로 머리를 긁었다.

"아니… 그럼 넌 자신을 마음씨 곱고 상냥한 사람이라고 생각해?"

"아픈 부분 찌르지 마!"

"어쨌거나 란츠라고 했나? 요컨대 갑자기 나타난, 실력도 알 수 없는 2인조가 과분한 대우를 받고 거만하게 구는 것이 맘에 들지 않는다는 거지?"

"뭐, 그런 셈이지."

란츠는 떨떠름한 표정으로 말했다.

"너… 봤잖아? 내가 데이미아의 마법사를 해치우는 거."

"그딴 게 뭐가 대단해. 속임수를 써서 진흙탕에 빠뜨렸을 뿐 아냐. 실력인지 아닌지 어떻게 알아? 상대가 너무 멍청했을 뿐이잖아."

울컥!

분명 상대가 멍청했던 것은 사실이지만…

그러고 보니 이 녀석, 음식점 일로 아직도 앙심을 품고 있는 거로군.

쟁반 모서리에 맞은 정도로 앙심을 품다니! 밴댕이 소갈머리하고는!

…보통 그런 일로 앙심을 품지는 않지 않나?

"좋아, 알았어. 그럼 실력을 좀 보여주지."

옆에서 가우리가 너무도 쉽게 말하더니 허리에서 검을 뽑았다.

이봐, 이봐…!

"너!"

"아, 그게 아냐."

검을 뽑으려 하는 란츠에게 그는 당황해서 손을 젓더니 품속에서 한 개의 금화를 꺼냈다.

그리고 칼날을 위로 향한 채 검을 수평으로 들었다.

왼손으로 금화를 칼날 위에 살짝 올려놓았다. 그것은 미묘한 균형을 유지한 채 그 위에 딱 정지했다.

여기까지는 단순한 아마추어 장기 자랑의 세계인데… 설마….

"하앗!"

기합과 함께 가우리는 똑바로 검을 당겼다.

작고 날카로운 소리가 났다.

두 동강.

나와 란츠는 눈을 크게 떴다.

바닥에 떨어진 금화는 가운데가 정확히 두 쪽으로 동강 나 있었다. 칼날 위에 올려놓은 금화를 검을 당기는 동작만으로 두 동강 내버린 것이다.

검에 불어넣은 '기'의 힘, 기술, 속도, 모든 것이 천재적인 수준이 아니면 불가능한 일이었다.

"괴… 굉장해!"

란츠는 진심으로 감탄했다는 듯 말했다.

나는 계단을 몇 단 올라갔다.

"흐흠."

가우리는 의기양양하게 검을 칼집에 넣었다.

그 틈을 노리고….

"이 벌받을 놈아!"

퍼억!

계단을 달려 내려온 나의 도움닫기 무릎 차기가 멋지게 가우리의 관자놀이에 박혔다.

"무… 무슨 짓이야, 형님에게!"

완전히 눈이 뒤집힌 가우리를 일으켜 세우면서 란츠는 나를 향해 외쳤다.

어느 틈엔가 그를 형님으로까지 격상시키고 있다.

"왜… 왜 그러는 거야, 갑자기…. 보통 그렇게 때리면 죽는 거 몰라?"

정신이 든 가우리가 머리를 좌우로 흔들었다.

나는 양손을 허리에 댄 채 그를 내려다보며 교만하게 말했다.

"아무리 시범이라도 그렇지, 돈을 소홀히 히디니 밀도 안 돼! 그래서 하늘을 대신하여 혼을 내준 거야!"

나는 마법사를 하고 있긴 하지만 상인의 딸이다.

동전 한 닢이라도 소홀히 하는 사람은 훌륭한 상인이 될 수 없다!

어릴 때부터 그런 말을 들으며 자라왔다.

물론 언니는 집 근처 식당에서 아르바이트를 하고 있고, 나는 마법사니까 이대로라면 자매 둘 다 상인이 될 것 같지는 않지만……

돈에 휘둘리는 인생을 살고 싶지는 않지만, 그렇다고 돈을 함부로 써도 된다는 말은 아니다.

어쨌거나 나는 그런 이유로 가우리가 아무런 망설임도 없이 금화를 두 쪽 낸 것에 분개했던 것이다.

"자… 잠깐. 그럼 내가 잘라버린 금화가 어쨌든 도움이 되면 불만은 없는 거지?"

가우리가 말했다.

"뭐, 그렇긴 하지만 어떻게 하려고?"

그는 바닥에 떨어진 두 조각의 금화를 집어 들고 란츠에게 보여줬다.

"어때, 내가 말하긴 뭐하지만 멋지게 잘렸지?"

"저… 정말이야. 굉장해."

"이 기술은 사람들에겐 거의 안 보여주는데 말이야. 이 금화를 기념으로 하나 사는 게 어때? 15리브 정도로."

"우오오, 살게!"

참고로 리브라는 것은 이 부근의 통용 화폐로, 10리브에 금화약 한 개라고 생각하면 될 것이다.

…가우리도 꽤나 훌륭한 상인이었다.

"그런데…."

둘로 잘린 금화를 소중하게 품속에 넣으면서 란츠는 도끼눈을 하고 노려보았다.

"넌 무슨 기술을 쓸 수 있지? 형님에게 그렇게 큰소리를 치는 걸 보니 꽤나 대단한 기술을 쓸 수 있겠지? 아니, 어쩌면 그저 형님에게 빌붙어 있는 빈대일지도 모르겠군."

비… 비… 빈대?!

빠직.

"조오오오오았어! 그럼 내 힘을 보여주지!"

말이 끝나자마자 나는 주문을 외우기 시작했다.

"우와아앗! 그만둬, 리나! 부탁이니까 그만둬!"

나는 필사적으로 매달리는 가우리의 요망에 따라 관대하게도 외우던 드래곤 슬레이브[龍破斬]의 주문을 중단했다.

"헤에, 역시 이 부근은 사람의 왕래도 적구나."

나는 가벼운 걸음걸이로 거리를 걸으며 말했다.

당연하지 않냐는 눈으로 나를 바라보는 란츠.

타림가(家)의 사전 답사를 마친 후 우리는 다시 구경 겸 마을의 사전 답사에 나섰다.

그럴 때 무슨 이유에선지 안내원을 자청한 것이 바로 란츠. 아무래도 이 녀석은 가우리가 꽤나 맘에 든 모양이다.

시장이 서는 것은 오로지 아랫마을 쪽이었다. 성에 가까운 이 부근은 낮엔 매우 한산했다.

"도착했습니다, 형님."

란츠는 발길을 멈추었다.

큰길을 사이에 두고 엄청나게 큰 집이 서 있었다.

부지는 타림의 저택과 별 차이 없었지만 건물의 크기가 달랐다.

3층 건물 정도의 높이일까?

정원은 거의 없고 거의 부지를 가득 채운 형상으로 건물이 빽빽하게 세워져 있었다.

"호오, 여기가…."

"예. 데이미아의 집입니다."

중얼거리는 가우리에게 애교 있게 대답하는 란츠.

"하지만… 어째서 이런 큰 집을 지은 거지?"

"네 머리로 생각해."

…….

뭐야, 이 태도의 차이는!

역시 이 녀석, 상당히 앙심을 품고 있다!

"아… 진정해, 리나."

나의 험악한 시선을 깨닫고 진정시키는 가우리.

"그럼… 한번 가볼까?"

내가 말했다.

동시에 두 사람은 미간을 찡그렸다.

"가다…니?"

"데이미아의 집이지, 물론."

"데이…!"

란츠는 경악해서 외쳤다.

"너, 제정신이야? 대낮부터 겨우 셋이서 습격하다니…."

"난 습격이라고는 안 했어."

나는 그렇게 말했다.

"정문으로 당당히 들어가서 현관에서 잠깐 이야기를 나누려는 것뿐이야. 이쪽이 그렇게 나오면 그쪽도 무모한 짓은 할 수 없겠지. 상대의 사람 됨됨이를 대충 파악해 두는 것도 중요해."

"역시 그만두는 게 낫지 않을까?"

팔짱을 끼면서 말하는 가우리.

"미스터 타림의 이야기론 그다지 제대로 된 상대가 아닌 것 같고… 만약 소동이라도 일으키게 되면 상대는 이 마을에서 지위와 명성이 있으니까 여차하면 우리가 일방적으로 잘못한 게 된다고."

"흐음…."

나는 말문이 막혔다.

가우리가 제대로 된 의견을 냈기에 조금 놀랐던 것이다. 이 형씨, 평소엔 멍청한데 가끔 날카로운 일면을 보일 때가 있다.

"뭐, 그건 그럴지도 모르겠어."

나는 선선히 물러나기로 했다.

만나서 즐거운 상대가 아닌 것도 같고.

"그럼 다음으로 가볼까? 일단… 그래, 할시폼 평의장의 집에라도…."

쿵, 쿵.

용의 머리를 본떠 만든 문손잡이를 두 번 두드렸다.

미스터 타림의 이야기에 따르면, 돌아오지 않는 평의장의 저택에는 루비아라는 이름의 조수가 홀로 살고 있다고 했다.

이번 건으로 물어봐야 할 것도 있다.

잠시 동안의 침묵….

"아무도 없나?"

할시폼 저택을 올려다보면서 중얼거렸다. 그런데….

"예~."

집 안쪽에서 소리가 났다.

어… 이 목소리는…?

잠시 후에 잠금장치를 여는 소리.

그러고는 문이 열렸다.

나온 여성과 정면으로 얼굴을 마주친 순간, 두 사람은 동시에 경직되었다.

노을빛의 붉은 머리카락. 어쩐지 슬퍼 보이는 그 눈동자….

그렇다.

아침나절 타림의 집으로 향하던 나에게 이번 일엔 관여하지 말라고 속삭이고 모습을 감춘…

그녀였다.

갑자기 문을 닫으려 한다든지 하는 수상쩍은 행동은 보이지 않았다.

경계하는 시선으로 우리를 바라볼 뿐.

"무슨 용건이라도 있나요?"

마치 처음 만났다는 듯 말하는 그녀.

호오, 그렇게 나온다면 나도….

"루비아 씨… 맞죠?"

고개를 끄덕이는 그녀.

"처음 뵙겠습니다. 저희는 평의장의 실종에 관해 조사하고 있는 사람들인데요."

빤히 보이는 거짓말을 해주었다.

그녀의 표정이 희미하게 움직였다.

"이야기라면 평의회 분들께 모두 말씀드렸습니다. 당신들이 정말 정식 조사원이라도 이야기해 드릴 것은 아무것도 없어요. 부디 이만 가주시기를 부탁드립니다."

그 말만을 하고 그녀는 문을 닫으려고 했다.

"하나만요!"

나는 말했다. 미스터 타림이 말을 흐린 그 진정한 대답을 얻기 위해.

"평의장께선 대체 무슨 연구를 하고 계셨던 거죠?"

움찔….

미스터 타림과 완전히 같은 반응을 보였다.

그녀는 똑바로 나를 쳐다보았다.

"생명의… 연구죠. 그 이상은 말씀드릴 수 없습니다."

그렇게 말하고 그녀는 그대로 문을 닫았다.

"뭐야, 저 여자는?!"

기분 상한 얼굴로 말하는 란츠.

"흐음….."

관여하지 말라고 했었지?

"뭘 히죽대고 있는 거야, 너."

가우리가 나에게 말했다.

"아니… 그런 게 좀 있어."

나는 망토를 펄럭였다.

"조금 재미있어진 것 같아서 말이야."

"으…음….."

잠들지 못한 채 나는 여러 차례 몸을 뒤척였다.

이곳은 타림가의 객실 중 하나.

짐은 여관에 둔 채 나와 가우리는 이곳에서 자기로 했다.

암살자가 가장 활동하기 쉬운 시간은 말할 것도 없이 밤.

어린애도 아닌데 호위를 하는 사람이 '밤이 되었으니 숙소로 돌아가겠습니다.'라고 말한다면 일이고 뭐고 아니게 된다.

그리고 짐만 여관에 두고 온 이유는….

의뢰를 맡은 이상, 만에 하나 이 저택에 불이라도 난다면 무엇보다 타림 씨를 구하는 것이 최우선 목표가 된다. 그런데 그렇게 되면 과연 그를 안전한 곳까지 피신시킨 후 우리의 짐까지 무사히 지킬 수 있을까?

아마도 무리일 것이다.

하지만 그렇게 되면 나는 매우 난처해진다. 그것도 여간 난처한 게 아니다.

짐 속에서는 여러 가지 '마법 아이템'이 들어 있다. 평범하게 사는 사람들에겐 하나도 필요 없는 물건들이지만, 특정 지역에 가면 헐값으로 판다 해도 이곳 타림의 저택을 토지, 용병, 가재도구 일체를 포함하여 통째로 살 수 있다. 또한 평생 놀고먹을 수 있는 돈까지 남는다.

마법이라는 것이 이렇게 보여도 꽤나 돈이 많이 드는 법이다.

그런 재산이 만에 하나 재가 되고 만다면….

물론 짐을 맡긴 여관에 불이 날 가능성이 없는 것은 아니지만 거기까지 생각한다면 아무것도 할 수 없다.

하지만 내가 좀처럼 잠들지 못하는 것은 짐에 대한 걱정 때문만은 아니었다.

예감… 이라고 해야 할까? 실은 나에겐 이런 일이 자주 있다.

피곤한데 왠지 잠이 안 오는 그런 밤에는 유독 자객이 습격해

올 때가 많았다.

오늘 밤이 바로 그런 느낌이 드는 밤이었다.

침대 위에서 몸을 일으켰다.

꽤 호화로운 1인실. 고용된 경호원에겐 조금 분에 넘치는 대접
이다.

스스로 '헤미니스트'(타림 씨의 발음)라고 주장하는 타림 씨의
배려였다. 참고로 가우리를 비롯한 남성들은 교대로 보초를 서면
서 새우잠을 자고 있다.

침대에서 내려와 슬리퍼를 신었다. 복장은 낮에 입은 것과 완전
히 같았다. 물론 망토처럼 자는 데 방해되는 것은 벗어서 머리맡
에 놓아두었지만.

언제 습격자가 오더라도 대응할 수 있도록 하기 위해서였다.

만약을 위해 검을 허리띠에 꽂고 방을 나섰다.

······그렇게 빤히 보지 말아줘.

그저 화장실에 가려는 것뿐이니까.

남자들 몇몇이 복도에서 잠들어 있었다.

어떤 이는 모포를 두른 채 누워 있었고, 또 어떤 이는 불침번인
지 검에 기댄 채 졸고 있었다.

나는 그런 그들을 밟지 않도록 조심하면서 걸음을 재촉했다.

낮에는 조금 더울 정도의 날씨였지만 밤이 되자 망토가 없으니
조금 추웠다. 볼일을 다 본 것까진 좋았지만 방까지 가는 길이 추

워서 견딜 수 없을 정도였다.

"으으, 춥다…."

작은 소리로 중얼거리다가 문득 발길을 멈추었다.

가까운 문의 그늘에 몸을 숨겼다.

뒤뜰로 통하는 작은 문.

밖에 이상한 분위기가 엉겨 있었다.

기척… 이 아니다.

뜰에도 당연히 십여 명의 보초가 있었지만 그들에게 특별한 낌새는 없었다.

하지만 살기도 적의도 아닌, 그저 소름이 돋을 만큼 으스스한 '분위기'라고 표현할 수밖에 없는 묘한 공기가 문밖에 있었다.

순간 피잉, 차가운 것이 머릿속을 스치는 감각.

왔다!

내가 아무런 근거도 확신도 없이 그렇게 직감한 그 순간.

키잉!

쇳소리와 비명 소리가 울려 퍼졌다.

"다들 눈떠! 적의 습격이야!"

근처에 있는 병사들을 두세 명 걷어차고 그렇게 외친 후, 가까운 문을 향해 밖으로 뛰쳐나갔다.

피 냄새가 코를 찔렀다. 벌써 희생자가 생긴 모양이다.

모닥불과 달빛에 반사되어 하얀 칼날이 어둠 속에서 춤추었다.

어둠 속의 싸움에서 가장 무서운 것은 같은 편에게 공격당하는 것. 갑자기 가우리나 로드가 나를 적으로 착각하고 뒤에서 공격해 오는 날이면 '미안해'로 끝날 일이 아니다. 나는 주문을 외워서 여러 발의 '라이팅'을 주변에 발사했다.

그리고… 보았다.

습격해 온 자객들, 이형(異形)의 병사들을.

십여 명의 거한들. 거한… 이라고 해도 키는 보통 사람보다 조금 큰 정도였지만 문제는 그 부피였다. 팔뚝이 내 허리둘레 정도의 굵기였다.

왼손에 든, 손잡이도 없는 철봉(화물차 수레바퀴에 쓸 만한 크기)으로 공격을 막고, 오른손에 든 참수도(executioner's sword)로 상대를 공격하는 지극히 비상식적인 전투 방식을 보건대 그 팔뚝에서 나오는 힘은 쉽게 상상할 수 있었다.

농담으로라도 검을 맞대고 싶지 않은 상대였다.

하지만 무엇보다 기묘한 것은….

그 십여 명의 남자들이 모두 똑같은 얼굴을 하고 있다는 점이었다. 얼굴 생김새로 보면 아직 스무 살 남짓으로 보였지만, 머리카락이 한 올도 없는 대머리였고 완전히 무표정했다.

상대를 베는 순간조차 살의라고는 조금도 내보이지 않았다.

아마… 데이미아가 만들어낸 전투용 인조인간(호문쿨루스)일 것이다.

미스터 타림이 말한 대로 이런 것을 만들어내는 녀석을 평의장으로 추대한다면, 북으로는 제피리아에서 남으로는 케룬 연방 구석구석까지 아트라스 시티의 악명이 퍼지는 데 그리 많은 시간은 걸리지 않을 것이다.

살육을 위해 만들어진 병사들은 거한들만이 아니었다.

어둠 속에서 빛나던 붉은 점들은 내 '라이팅'에 반사되어 보라색 비늘로 덮인 커다란 늑대의 눈동자로 변했다.

몸에는 굵은 가시가 무수히 돋아나 있다.

이것이 한눈에 보기에도 수십 마리.

숫자상으론 이쪽이 꽤 유리했지만 질적인 면에선 압도적으로 불리했다.

푼돈을 벌기 위해 모인 용병의 사기와 실력으로는 싸움만을 위해 만들어진 왜곡된 생명체에 대적할 수 없을 것이다.

실제로 저택 안에서도 하나둘 사람들이 뛰쳐나왔지만 데이미아의 병사들을 보자마자 겁을 집어먹었고, 그중에는 도망치는 사람들까지 있었다.

물론 분투하고 있는 사람들도 있었다.

어둠과 하나가 된 채 질주하는 로드.

그는 등에 멘 칼자루를 잡고 정면으로 거한들을 향해 돌진했다.

칼을 크게 휘두르는 거한 앞에서 진로를 우측으로 변경.

참수도는 허무하게 허공을 갈랐고 로드의 등에서 뻗어 나온 하얀 칼날은 '라이팅'에 반사되어 허공에 빛나는 궤적을 그렸다.

교차한 남자의 철봉이 중간 부분쯤에서 쿠웅, 무거운 소리를 내

며 땅에 떨어졌고 동시에 옆구리에선 새빨간 선혈이 뿜어 나왔다.

교차하면서 내뿜은 로드의 일격은 그것을 막은 거한의 철봉과 함께 옆구리까지 베어버린 것이다.

하지만….

거한의 참수도가 다시 소리를 냈다.

옆구리에 꽤 깊은 상처를 입었음에도 거한은 비명을 지르기는커녕 눈썹 하나 까딱하지 않고 반격에 나선 것이다. 어쩌면 '고통'이라는 감각을 느끼지 않도록 만들어졌는지도 모르겠다.

머리 높이를 횡으로 베는 일격을 로드는 허리를 낮추어 피하더니 쉬익, 소리를 내며 크게 도약했다.

순간 거한의 몸은 세로로 두 동강 났다.

피를 머금은 칼이 붉게 번득였다.

가우리는 뽑아 든 장검을 늘어뜨린 채 태연한 발걸음으로 거한 한 사람에게 다가갔다.

무표정하게 검을 휘두르는 거한.

두 줄기 은색 광선이 교차했다.

순식간에 상대의 검을 피하고 적의 품으로 파고든 가우리의 검은 거한의 이마를 정확히 관통했다.

거한의 몸이 덮치듯 앞으로 휘청 쓰러졌다.

"이크…!"

당황해서 뒤로 물러서는 가우리.

그때 공기를 가르며 무언가가 날아왔다.

그의 검이 다시 번득이며 그것을 튕겨냈다.

그것은 작고 뾰족한 뿔 같은 것이었다.

보라색을 띤 비늘 늑대가 자신의 몸에 자라난 가시 하나를 화살처럼 쏜 것이다.

늑대(?)는 크게 숨을 들이마시고 전신에 힘을 모았다.

다음 순간 여러 개의 가시가 가우리를 향해 날아갔다. 보통 사람이라면 피할 수 없을 것이다.

하지만….

그 정도 공격으로 그를 이기려 하다니, 아무리 그래도 너무 얕보았다.

"어림없다!"

가우리는 그렇게 외치면서 땅을 박찼다.

가시 공격을 가볍게 피한 그는 그 '늑대'를 향해 달려 나갔다.

늑대가 다시 숨을 들이마셨다.

하지만 그 순간 가우리는 이미 '늑대'의 눈앞에 도착한 뒤였다.

밑에서 올려 치는 듯한 일격은 비늘로 덮인 몸을 그 자리에서 둘로 갈랐다.

'늑대'는 풍선이 터지는 듯한 소리를 내며 터졌다.

그리고 생각보다 분전하고 있는 것이 란츠.

그는 정면으로 거한에게 돌격했다.

양손에 든 바스타드 소드가 거한의 칼날과 마주했다.

그리고 다음 순간….

마주한 칼날을 중심으로 란츠는 빙글 몸을 회전해 거한의 안쪽으로 파고들었다.

그리고 오른손을 칼자루에서 떼고 무릎으로 턱을 가격.

신음 소리도 없이 물러서는 거한.

파고드는 란츠.

거한이 자세를 바로잡기도 전에 그의 주먹이 상대의 턱을 가볍게 옆으로 스쳤다.

빗나갔나…

싶었는데.

거한은 털썩 그 자리에 무릎을 꿇었다.

지금 그 일격으로 뇌진탕을 일으킨 것이다.

뒤쪽으로 돌아간 란츠의 검이 거한의 숨골을 멋지게 깨뜨렸다.

아무래도 그는 검과 무술을 조합하여 쓰는 것이 특기인 듯하다.

"자, 얼마든지 덤벼라!"

호언하는 란츠 앞을 가로막는 '늑대'.

"아니…, 이왕이면 거한 쪽이 좋은데…."

란츠는 작게 중얼거렸다.

물론 그동안 나도 명청히 그들의 싸움을 지켜보기만 했던 것은 아니다.

애초에 자객들이 그것을 용인하지 않았다. 바로 내 옆에서 한 마리의 늑대가 크게 숨을 들이쉬기 시작했다.

이런!

황급히 주문을 외쳤다.

'늑대'가 몸에 난 가시를 일제히 발사했다.

"딤 윈[魔風]!"

눈앞에서 공기가 응축되더니 충격파가 되어 '늑대'를 엄습했다.

이 주문은 '바람' 계열의 약한 것으로 상대의 움직임을 일시 정지시키는 정도의 위력밖에 없지만, '늑대'가 쏜 가시를 다른 방향으로 날려버리기엔 충분했다.

공격이 빗나가자 그 자리엔 가시의 흔적만이 남아 있는 보라색의 '늑대'가 그저 뻘쭘하게 서 있을 뿐.

"덤벼, 덤벼, 덤벼!"

"너, 이 녀석!"

"에잇! 에잇! 에잇!"

상대의 공격력이 격감했다는 걸 알자, 금세 '늑대'에게 달려들어 마구잡이로 두들겨 패는 우리 편 용병들.

이 흐뭇한 광경에 잠시 눈을 빼앗기고 있을 때 검은 그림자가 드리워졌다.

뒤쪽에 거한 출현!

거한이 휘두른 참수도를 간발의 차로 피하고, 공격을 피하면서 주문을 외우기 시작했다.

에잇!

땅에 손을 대고 외친다.

"베피스 브링[地精道]!"

이 주문은 대지의 정령에 간섭해서 구사하는 술법으로, 원래는 터널을 파는 기술이다.

그것을 나는 거한의 발아래 쪽을 향해 수직으로 걸었다.

거한이 허공에서 두 손을 허우적대더니 다음 순간 깊은 함정 속으로 빨려 들어갔다.

추락사할 정도의 깊이는 아니었지만 혼자 힘으로 올라올 수 있을 만큼 얕지도 않았다.

"뒤를 부탁해!"

근처에 있는 용병 몇 명에게 말했다.

"문제없어!"

기세 좋게 외치는 그들의 목소리.

함정 위에서 정원석을 떨어뜨리거나, 기름을 붓고 불을 붙이는 등 약한 상대에겐 철저히 강한 용병들.

거한이 조금 불쌍하게 생각되었다….

그런 생각을 하고 있을 때, 어떤 시선을 느꼈다.

돌아보았다.

정문 근처, 흰색으로 칠한 높은 담장 앞에 사람의 그림자가 검게 드리워져 있었다.

하얀 가면….

세이그람!

나는 하얀 가면의 마족을 향해 달려갔다.

"우리의 말을… 무시하기로 한 건가? 그것도 좋겠지."

세이그람은 자문자답하는 듯 조용히 중얼거렸다.

나는 그 앞에서 발을 멈추었다.

그리고 내심 후회했다.

어젯밤에 만났을 땐 조금 취한 탓에 전혀 눈치채지 못했지만, 이 녀석은 상당한 고위 마족이었다.

예전에 나는 세이그람을 훨씬 능가하는 힘을 가진 마족과 싸워 승리한 적이 있었다.

하지만 그것은 여러 가지 요인이 겹쳐진 상태에서 간신히 얻은 승리였다.

물론 나의 미술을 사용한다면 세이그람을 해치울 자신은 충분히 있었다. 하지만….

그것은 조금 강력한 기술이었다.

사용하면 이 아트라스 시티 절반 가량이 분화구로 변할 것이다.

대 개인용 최강의 공격력을 가진 라 틸트(아스트랄 사이드에서 상대의 존재 자체를 파괴하는 기술)가 있다면 어떻게 될지도 모르지만 나는 그 기술을 쓰지 못한다.

…배우지 않았던 것이다.

특별히 쓸 만한 용도가 없기도 했고…. 뭐냐, 쪼끔 화려함이 떨어졌기에….

드래곤 슬레이브가 있으니까 괜찮겠지 했는데 이럴 줄 알았다면 배워둘걸.

에잇, 이렇게 된 바에야 후회해도 소용없지! 어쨌거나 해볼 수밖에!

"오늘 '쌍가면' 씨는 정기 휴일인가요?"

기오인지 하는 마족이 또 있을 텐데 그의 모습은 보이지 않았다. 그 점이 조금 마음에 걸렸던 나는 그렇게 물었다.

"기오 가이아 말인가? 그것은 내 알 바 아니다. 나는 이 싸움의 경과를 보고 오라는 명령을 받았을 뿐."

"'청색의 데이미아'에게서 말이지?"

나의 말에 세이그람은 침묵했다.

하지만 기오의 역량은 둘째치고 세이그람 정도의 마족을 소환하여 부리는 것은… 상당한 수준의 마법사가 아니면 불가능한 일이다.

두 사람은 잠시 조용히 대치했다.

어떻게 나올까?

식은땀이 등을 타고 흘러내렸다.

그런데 그때….

"도와줄까?"

뒤쪽에서 긴장감이라곤 전혀 없는 목소리가 들려왔다. 돌아볼 것도 없이 누구인지 알 수 있었다.

"그쪽은 끝났어? 가우리."

내심 조금 안심하면서 세이그람에게서 시선을 떼지 않은 채 물었다.

"대충은…. 로드도 있으니 내가 빠진다 해도 어떻게든 되겠지. 하지만 이쪽은 마족 사람이잖아."

뭐야, 그 '마족 사람'이라는 건?

나는 조금 물러서서 그의 옆에 섰다.

"일단… 호의는 고맙게 받아들일게."

화려하고 강력한 주문을 쓸 수 없는 이상 그가 가진 '무기'는 상당한 전력이 되었다.

하지만 겨우 공략의 실마리가 보인다 싶었는데….

"미안하지만… 지금 너희들과 싸울 수는 없다."

세이그람은 조용히 말했다.

"?"

무심코 얼굴을 마주 보는 나와 가우리.

"나에게 주어진 명령은 싸움의 추이를 보고 오라는 것. 싸우라고 명을 받지 않은 이상 싸울 이유도, 생각도 없다."

"그게 무슨 말도 안 되는 소리야!"

나는 외쳤다.

"갑자기 인조인간 광전사와 늑대 키메라로 남의 집을 습격해 놓고 '싸울 생각이 없다'는 말이 통할 것 같아?! 그쪽엔 없어도 이쪽에는 충분히 있다고!"

"그래…? 그럼 어쩔 수 없지."

딱 잘라 그렇게 말하더니 태연하게 앞으로 나오는 세이그람. 그리고 엉겁결에 후퇴하는 나와 가우리.

땅을 박차고 하얀 가면이 하늘로 뜨나 싶더니

그의 모습은 다음 순간 담장 밖으로 사라졌다.

공격할 것처럼 보인 것은 견제였을 뿐, 그는 맥없이 도망쳤던 것이다.

"그냥 둘 것 같아?!"

나는 정문 쪽으로 돌아가서 검은 망토를 뒤쫓았다.

"이봐! 기다려, 리나!"

영문도 모르고 따라오는 가우리.

심야의 추적이 시작되었다.

거리는 정적이 지배하고 있었다.

달도 구름 뒤에 숨어 '라이팅' 마법이 걸려 있는 가로등만이 부연 빛을 내뿜고 있었다.

맑은 밤공기 속을 헤엄치듯 질주하는 세이그람의 검은 망토가 소리도 없이 펄럭였다.

꿈이라도 꾸고 있는 것은 아닐까.

문득 그런 생각이 들 정도로 신비한 광경이었다.

나와 가우리, 두 사람의 발소리와 숨소리만이 들렸다.

하얀 가면은 어젯밤처럼 어둠에 녹아들지는 않았다. 그렇게 해버리면 이쪽으로선 전혀 손쓸 도리가 없는데…. 그럼 그 능력은 기오의 것이었을까? 아니면….

우리를 유인하는 건가?

가우리가 무슨 생각을 하고 있는지, 혹은 아무 생각도 하고 있지 않은지 표정으로는 알 수 없었다.

이 기묘한 일행은 어느 때는 인적이 끊긴 큰길을, 어느 때는 좁은 골목길을 달렸다.

…나는 눈치챘다.

이 길이 '청색의 데이미아'의 저택으로 통하는 길이라는 것을.

세이그람이 홀연 그 모습을 감춘 것은 우리 앞에 낡은 대저택이 모습을 드러내기 직전이었다.

생각대로….

그곳은 '청색의 데이미아'의 저택이었다.

부지에 비해 좁은 정원에는 경비병의 모습이 없었지만 창에선 밝은 빛이 새어 나오고 있었다.

하지만 마음에 들지 않았다.

너무 생각한 대로라는 게.

누가 보든 확실히 함정이었다.

"역시… 여기였어."

"아는 곳이야?"

아….

가우리의 말을 듣고 나는 그 자리에 털썩 무릎을 꿇었다.

"너 말이야, 오늘 낮에 왔었잖아! 란츠가 안내해서."

"그랬었나?"

팔짱을 끼고 생각에 잠기는 가우리.

"으음…, 역시 낮과 밤은 인상이 달라서 말이지."

감회가 새롭다는 듯 말한다. 이게 그런 문제냐?

"그런데… 어디야? 여기…."

"데 이 미 아 의 집."

"아!"

손바닥을 탁 치는 가우리.

"나도 그럴 줄 알았어!"

"정답을 듣고 나서 알면 뭐해. 이크, 밤중에 이런 곳에서 만담이나 하고 있을 때가 아니지! 어쨌거나 가자!"

"가다니, 어디로?"

부탁이야! 누가 나 대신 이 녀석 좀 상대해줘!

"데 이 미 아 의 집 에."

폭발하기 직전까지 끓어오른 울화통을 억누르며 말했다.

"흐음… 하지만…."

가우리는 진지한 얼굴로 말했다.

"내 감으로… 함정이야, 이건."

"알고 있어, 그따 거!"

나는 참지 못하고 외쳤다.

"이게 함정이 아니면 뭐로 보인다는 거야! 그래도 함정에 일부러 빠지지 않으면 상대의 속셈을 알 수 없잖아! 물론 겁 없이 막무가내로 행동하는 것도 바보지만, 그걸 두려워해서 신중론만 내세우며 아무것도 하지 않는 것은 분명히 말해 바보 이하야!"

헥… 헥….

단숨에 쏟아내고 나는 어깨로 거친 숨을 몰아쉬었다.

그 어깨에 가우리가 다정하게 손을 탁 얹었다.

아…?

"리나…."

그는 내 눈동자를 물끄러미 바라보며 조용한 목소리로 말했다.

자… 잠깐, 그렇게 갑자기 진지하게 나오면 당황하잖아.

"잘 들어."

"뭐… 뭐야, 대체. 갑자기 진지한 목소리로…."

목소리가 떨리는 것을 나 자신도 알 수 있었다.

"밤중에 떠들면 이웃에 폐가 되잖아."

…나의 무언의 펀치가 가우리의 턱에 작렬했다.

"역시 함정이야, 이건."

"그래. 역시 함정이야."

우리는 아무도 없는 복도를 걸으면서 작은 소리로 이야기를 나누었다.

말할 것도 없이 이곳은 데이미아 저택 내부의 복도. 밖에서 보았을 때는 불이 훤히 켜져 있기에 안에는 엄청난 수의 경비병들이 기다리고 있을 거라고 생각했는데….

맥이 빠질 정도로 한 명도 없었다.

복도 중간 중간에 문은 여럿 있었지만 용병들의 침소인지 방 안에선 코 고는 소리가 들려올 뿐이었다.

사람의 기척이 없는 방문은 열어보면 단순한 창고에 불과했다.

…다른 사람에게 자객을 보내는 사람이 이렇게 경비를 허술히 할 수 있을까?

물론 대답은 NO.

그렇다면 이유는 한 가지.

우리를 유도하고 있는 것이다.

어딘가로.

……뭐, 그런 이유로 슬슬 그 '어딘가'에 도착해도 좋을 것 같은데, 정말 이 저택은 넓기도 하다.

밖에서 보았을 때부터 상당히 큰 건물이라고 생각했지만 막상 안에 들어와서 보니 실로 더 대단했다.

구조가 거의 미로! 똑바로 걷고 있는 것 같은데 문득 돌아보면 들어온 문 앞에 있다든지, 계단 같은 건 보지도 못했는데 문을 열면 3층 건물의 옥상이라든지, 정말 제정신으로 만들었다고는 생각되지 않는 주택 설계.

하기, 제정신인 녀석이라면 저런 호문쿨루스 군단을 만들 리가 없지만.

어쨌거나 그렇게 헤매면서 여기저기 기웃댄 끝에 우리는 겨우 하나의 문 앞에 도달했다.

　파사(破邪)의 표식, 오망성(五芒星)이 새겨진, 얇게 도금된 큰 문, 분명 무언가의 마법을 구사하기 위한 방이다.

　문 안쪽에선 사람의 기척.

　"여기가… 거기야?"

　가우리가 작은 소리로 물었다.

　"틀림없어."

　내가 대답했다.

　"함정이라는 건 알지만 돌입할 거야. 각오는 됐지? 가우리."

　"됐을 리 없잖아."

　나는 그를 노려보았다.

　"뭐야, 이제 와서! 깨끗이 체념 못 하겠어?!"

　"어째서 내가 너의 변덕에 맞춰 체념해야 하는 거지?"

　"세상은 부조리한 법이야."

　"'부조리'라는 한마디로 끝내지 마!"

　"오오…."

　나는 감탄하며 말했다.

　"너, '부조리'라는 단어의 의미를 알고 있었어?"

　"몰라! 적당히 맞장구를 쳤을 뿐이야!"

　"아…."

　작은 소리로 언쟁하는 우리. 큰 소리를 내지 못하는 데다 괜히 쓰러져서 소리를 낼 수도 없었기에 대화의 박력은 떨어졌지만.

"하지만… 들어갈 생각이 없었으면 어째서 이런 곳까지 따라온 거야?"

"네가 터무니없는 짓을 하는 걸 막기 위해서야!"

"내 어디가 터무니없다는 거야!"

"전부야, 전부! 대체 이 문을 연 다음 무엇부터 할 생각이야?"

"일단… 파이어볼을 두세 방 날리고….."

"그게 바로 터무니없다는 거야! 애당초 이 사건엔 다른 내막이 있다고."

"알고 있어. 할시폼 평의장 이야기를 했을 때 타림 씨의 태도만 봐도 알 수 있으니까. 뭐, 그래도 여기 있는 데이미아도 뭔가 관련이 있는 것 같으니 일단 그에게 이것저것 물어보자고."

"뭐?"

너무도 선선히 내가 말하자 그는 일순 멍한 표정을 지었다.

"이… 이봐, 이봐. 알고 있으면 더욱 신중하게….."

에잇, 여기까지 와놓고 과감하지 못하게!

"잠깐, 가우리!"

"음?"

나는 그의 말을 제지하고 문에 귀를 갖다 댔다.

"왜 그래?"

아직 멀었어. 내 행동 패턴을 아직 다 파악하지 못했군.

"아무래도… 이 안에 들어갈 수밖에 없을 것 같아."

"뭐?!"

당황해서 주위를 둘러보는 가우리.

하지만 문 쪽 이외에 기척은 없다.

그는 의아한 표정을 나에게 보였다.

"어째서냐면… 이래서지!"

나는 다짜고짜 문을 걷어차 열었다.

자, 이걸로 공동 운명체.

가우리가 황당하다는 표정을 지었다.

두 사람은 문 안으로 들어가 멈춰 섰다.

광대한 공간이 눈앞에 펼쳐져 있었다.

그곳은 거대한 원형의 방이었다. 아마도 이 거대한 저택의 절반 이상은 이 방이 차지하고 있을 것이다.

그리고 그곳에 있는 것은 바닥에 빼곡하게 그려진 거대한 마법 진. 파사를 의미하는, 북쪽을 정점으로 하는 오망성….

룬 브레이커(rune breaker)였다.

오망성을 이용한 결계를 만들어 그 안에서의 마력 간섭을 약하게 하는 술법이었다. 이 술법의 특징은 그 결계의 힘이 마법진을 만든 술자의 역량이 아니라 결계의 총면적에 비례한다는 것.

즉 크기가 어느 정도만 되면 누가 만든 결계라고 해도 술법을 봉인할 수 있는 셈인데….

이 정도 크기라면 사실 나에겐 거의 문제가 되지 않았다.

방 반대쪽에는 제단.

한 남자가 그 앞에 우뚝 서 있었다.

얼굴에는 광기 어린 미소.

반쯤 벗겨진 머리, 새까만 머리카락과 수염. 큼직한 눈은 가만
있지 못하고 이리저리 움직이고 있다. 그리고….

몸에 두른 파란색 망토.

"미스터 데이미아?"

말을 걸자 남자는 주춤 물러섰다.

"타림의 자객이냐!"

안 그래도 큰 눈을 더욱 크게 치뜨고 갑자기 소리를 빽 질렀다.
엉겁결에 주춤하는 우리.

"아니…. 지금은 그렇긴 한데…."

솔직하게 대답하는 가우리.

"역시 그랬군! 하하, 역시 그랬어! 그 두꺼비 녀석, 나에게 그런
짓을 시켜놓고 결국은 나를 죽일 생각이었구나! 아무렴 그렇고말
고! 하하하! 난 처음부터 알고 있었어, 이렇게 될 것을! 모른다고
생각했나, 내가!"

무심코 얼굴을 마주 보는 우리. 이봐, 이봐.

"진짜 싫다. 가우리, 저 아저씨 완전히 맛이 갔어."

"울지 마. 이 의뢰를 맡은 건 너니까."

방 반대쪽에서 의미 불명의 웃음을 섞어가며 알아듣지 못할 말
을 지껄이는 데이미아. 우우, 싫어. 무서워.

하지만….

데이미아가 한 말이 마음에 걸렸다. 그 두꺼비 녀석, 나에게 그런 짓을 시켜놓고….

여기서 두꺼비라는 것은 아마도 타림 씨를 말하는 것 같은데……. 그런 짓을 시켜놓고?

이건 좀 자세히 물어볼 필요가 있을 것 같다.

"잠깐, 우린 당신을 해칠 생각이 없어요!"

내가 그렇게 말했다.

데이미아는 말을 멈추고 의아한 눈으로 우리를 바라보았다.

"잘도 갖다 붙이는구나…."

옆에서 중얼거리는 가우리. 일단은 무시!

"자객이… 아니라고?"

데이미아는 물끄러미 우리를 쳐다보았다.

"예. 자객이 아니에요."

잠시 동안의 침묵. 얼마 후에 데이미아는 웃음을 지었다.

광기 어린 웃음을.

"그랬군. 히히히, 알았다! 알고 말고. 알고 있었어! 타림의 자객이 아니라면… 나의 귀여운 키메라들을 훔치러 온 게군!"

이봐….

"알고 말고. 하지만 안 줘! 그건 나의 사랑스러운 아이들이니까! 넘겨줄 것 같으냐! 어림없지!"

아….

"아니라니까요! 당신의 키메라를 훔칠 생각은 전혀 없어요!"

"강도가… 아니라고?"

다시 물끄러미 바라보는 데이미아.

그리고 다시 웃음을 짓는다.

"그렇군. 하하, 알았다! 강도가 아니라면… 너희는 타림의 자객 이로군!"

아… 아… 아아아아아아아아!

나는 머리를 감싸 쥐었다.

"애당초 제대로 된 대화를 기대한 것이 잘못이었던 모양이군."

조용히 말하는 가우리.

"응. 내가 잘못 생각했어."

반성하는 나.

"이렇게 된 이상 일단 저 녀석을 붙잡은 다음에 묻기로 하자. 너무 거칠게는 다루지 마. 알았지?"

"너야말로 터무니없는 짓을 하지 말라고."

"알고 있어. 알고 있어."

나는 가볍게 손을 흔들어 보이고 한 걸음 앞으로 나아갔다.

사삭, 하고 뒤로 물러서는 데이미아.

"오… 오지 마! 이쪽으로 오지 마라! 후하하… 너… 너희들처럼 천박한 몸이 나, '청색의 데이미아'를 다치게 할 수 있을 것 같으냐! 불가능하다! 불가능하다고, 그런 일은!"

아, 그러세요?

개의치 않고 두 사람은 똑바로 방을 가로질렀다.

"다가오지 마! 더 이상 다가오면… 다가오면…."

"다가오면… 어떻게 되는데?"

"이… 이렇게 된다."

데이미아가 근처에 있던 끈 같은 것을 아래로 당겼다.

덜컹.

발밑의 마법진이 그대로 거대한 함정으로 변모했다.

"아."

그렇구나아아아아!

"리나!"

공중에서 가우리가 매달리며 외쳤다.

"마법으로 어떻게 좀 해봐!"

그런 말 하지 않아도 이미 주문은 외우기 시작하고 있었다.

"레비테이션!"

나의 레비테이션은 마차 한 대 정도의 중량이라면 거뜬히 지탱할 수 있다.

데이미아의 결계로 힘이 좀 떨어졌다곤 해도 거의 영향은 없을 것이다. 두 사람의 낙하가 이제 곧 멈출….

아앗?

낙하 속도는 꽤 늦추어졌지만 여전히 두 사람은 바닥이 보이지 않는 깊은 구멍 속으로 계속 떨어지고 있었다.

"왜 그래? 아직도 계속 떨어지고 있잖아!"

"알고 있어! 하지만 걱정 마!"

원인은 예상할 수 있었지만 지금은 그런 설명을 할 겨를이 없었다.

"한 사람분의 중량이라면 떠받칠 수 있으니까!"

움찔.

가우리의 얼굴이 굳어졌다.

덥석!

그는 있는 힘껏 매달렸다.

"자… 잠깐!"

"리나, 함께 죽는 거야!"

"잠깐! 방금 그건 농담이었어. 이봐, 이상한 곳을… 우와아앗!"

공중에서 균형을 잃고 그대로 떨어지는 두 사람.

첨벙!

엄청난 물소리와 함께 거대한 물기둥이 일었던 것 같다.

그때 나는 이미 정신을 잃은 뒤였다.

3. 결계의 물속 깊은 곳에 잠든 자

"으…."

나는 작게 신음하고 몸을 일으켰다.

"정신이 든 것 같군."

옆에서 가우리의 목소리가 들렸다.

어둠 속에서 간신히 그의 윤곽선만이 보였다.

"음… 잠깐만 기다려."

누운 채 가슴 앞에 양손을 모으고 주문을 외웠다.

"빛이여!"

나는 양손 사이에 생겨난 빛의 구슬을 공중에 띄워 올렸다.

그것은 방 천장 정도의 높이에서 멈추어 생각한 것보다 약한 빛을 주위에 던졌다.

"여기…는?"

주위를 둘러보았다.

온통 물밖에 보이지 않았다.

우리가 떨어진 그 마법진의 방보다 더욱 넓은 공간.

데이미아의 저택이 통째로 들어갈 만한 크기였다.

깊이도 알 수 없는 거대한 웅덩이 위에 작은 방 하나 정도의 면

적을 가진 기둥 다섯 개가 살짝 얼굴을 내밀고 있었다. 우리가 있는 곳도 그중 한 곳이었다.

웅덩이의 형태는 깨끗한 원형이었고, 다섯 개의 기둥을 선으로 이으면 북쪽을 정점으로 한 오망성이 그려진다.

위쪽 방과 완전히 같은 표식.

"룬 브레이커야."

말하고 나서 나는 얼굴을 찌푸렸다.

"뭐야, 그게?"

묻는 가우리.

"어려운 이론은 귀찮으니까 생략하겠지만, 어쨌거나 이 결계 안에선 주문의 힘이 약해져. 떨어질 때 '레비테이션'이 듣지 않은 것도 그 때문이고."

룬 브레이크는 원래 공격 마법이나 주법처럼 해를 끼치기 위해거는 마법의 힘을 격감시키는 물건이다.

하지만 무해한 '레비테이션'까지 약해졌다는 것은….

아마도 지상과 지하에 이중으로 결계를 쳐서 효과를 배가, 아니 상승시켜서 마력 자체에 간섭을 했기 때문일 것이다.

실제로 내가 방금 만들어낸 '라이팅'조차 벌써 그 광채를 잃어가고 있었다.

데이미아의, 부평의장이란 직함은 단순한 간투만이 아니었던 것 같다.

"하지만 이래선… 꽤 곤란하게 되었는걸."

나는 혼잣말로 중얼거렸다.

"이 '결계'만 파괴하면 되잖아."

너무도 속 편하게 말하는 가우리.

나는 깊은 한숨을 내쉬었다. 룬 브레이커를 부수려면 오망성을 지워버리면 되지만….

"그야 그렇지만, 이 결계를 파괴하려면 이 다섯 개의 기둥 중 어느 하나를 통째로 쓰러뜨려야 해."

"네 주문을 쓰면 되잖아."

이봐, 형씨….

"너, 내 이야기 안 들었어?"

"뭐?"

"주문의 효과를 없앤다고 했잖아! 그런 게 가능했으면 처음부터 고민하지도 않았어!"

"그랬었나?"

으아아아, 짜증 나!

언젠가는 뇌혈관이 터지고 말 거야!

"왜 머리를 감싸 쥐는 거야?"

"아무것도 아니야!"

나는 그렇게 말하고 일어섰다.

망토와 옷에서 물이 주르륵 떨어졌다.

두 사람 다 물에 빠진 생쥐 꼴이었다. 옷이 전혀 마르지 않은 것을 보건대 그리 오랫동안 정신을 잃은 것은 아닌 듯하다.

"우선 이 옷부터 어떻게 해야겠군."

"그건 그래. 이대로 있으면 감기 걸릴 것 같으니…."

"응. 그렇다면 역시…."

말하고 나서 씩 웃는 가우리.

"정해진 순서에 따라 옷을 벗고 서로의 체온으로 몸을 녹이는 게 최고겠지?"

울컥!

짝! 하는 소리를 내며 양손을 가슴 앞에 모았다. 주문을 외우면서 그 손을 좌우로 서서히 벌린다.

그의 안색이 변했다.

"자, 잠깐 기다려, 리나! 농담이야! 농담이라니깐! 내가 잘못했어. 반성할게! 잠…."

당황하는 가우리. 무시하는 나.

"파이어볼!"

내가 쏜 빛의 구슬, 철도 녹이는 파이어볼은 정확히 가우리에게 명중하여 폭발했다!

"우왓! 어…?"

몸을 감싸는 열기에 그는 얼빠진 소리를 내더니 자신의 몸을 신기한 듯 연신 이리저리 살펴보았다.

평소 같으면 철도 녹이는 나의 파이어볼은 룬 브레이커 때문에 힘이 줄어들어 단순한 열기로 변한 뒤였다.

"어때, 이러면 옷이 마르겠지?"

나는 웃으면서 윙크를 해 보였다.

"자, 옷도 말랐으니…."

나는 망토를 펄럭 나부끼며 주위를 휙 둘러보았다.

…대충 둘러보니 간단한 문제가 아니라는 것만은 알 수 있었다.

"어때, 어떻게 될 것 같아?"

불안하다는 표정으로 묻는 가우리.

"으음…, 어려운 부분이야."

나는 위쪽을 바라보며 말했다. 두 사람이 떨어진 구멍은 이미 닫힌 것처럼 보였다. '라이팅'의 빛도 도달하지 않는 그곳에는 단순한 어둠이 엉겨 있을 뿐이었다.

"네 말대로 이 결계를 파괴하는 것 말고 다른 방법은 없을 것 같은데…."

나는 찰랑이는 검은 수면으로 시선을 옮겼다.

"어느 정도의 깊이인지도 모르니…."

물속을 들여다보며 가우리가 말했다.

"하지만 어째서 여기 물이 있는 거지?"

"아마… 데이미아가 '물'의 속성을 가지고 있기 때문일 거야."

그렇게 말하고 힐끔 가우리를 쳐다본다.

"뭐?"

아, 역시 모르는군.

자, 그럼 이걸 어떻게 설명해준담?

"음… 뭐랄까, 사람을 비난할 때 '여우 같은 놈'이라거나 '고양이 같은 성격'이라고들 하잖아."

"흠."

약간의 틈을 두고 고개를 끄덕이는 가우리.

"마법에 있어서도 비슷한 말을 할 수 있는 거야. '불'과 상성이 좋은 사람, '물'과 상성이 좋은 사람 같은 게 있는 거지."

뭐, 이건 땅, 물, 불, 바람의 요소를 구사하는 정령 마법에 한정된 이야기다. 하지만 흑마술, 주술, 정신세계를 이용한 정령 마술, 그리고 백마술에까지 범위를 넓게 되면 그를 혼란시키기만 할 뿐이니 일단 그 해설은 생략했다.

"그래서 가령 '물'과 상성이 좋은 마법사가 물에 관련된 술법을 쓰는 경우 그 효과가 강해지는 현상이 일어나는데…."

"즉… 그거 아냐, 그 '물의 속성이 있다'는 것은 '물과 상성이 좋다'는 말."

잠깐 생각하고 나서 말하는 가우리.

"뭐, 그렇지. 그래서 그런 타입의 사람은 술법에 일정한 형태로 그 '자신 있는 요소'를 추가시키면 술법의 힘을 늘릴 수 있는 거야. 이를테면… 결계에 물을 채워 넣어 그 힘을 증폭시킨다든지."

"흐음…."

가우리는 팔짱을 꼈다.

"쉽게 말해 데이미아는 마법을 약화시키는 결계를 만들고, 그 안을 물로 채워서 효과를 증폭시켰다는 말이지?"

나는 크게 고개를 끄덕였다.

"그래. 어디까지나 예상이지만 말이야. 어쨌거나 문제는 이 물 속이 어떻게 되어 있느냐 하는 건데….."

나는 다시 '라이팅'의 주문을 외워 빛의 구슬을 물 밑으로 밀어 넣었다.

"어?"

물속에서 환하게 빛나는 '라이팅'을 바라보면서 가우리는 신기하다는 표정을 지었다.

아항.

"너 어째서 물속에서 꺼지지 않을까 생각하고 있는 거지?"

"어…? 응….."

내가 묻자 그는 고개를 끄덕였다.

"램프나 모닥불 같은 것은 무언가 타서 빛과 열을 내는 것이지만, 이 '라이팅'이라는 것은 마법의 빛이야. 무언가가 타서 빛나는 것이 아니지. 그래서 물속에서도 꺼지지 않는 거야."

"흐음… 편리하구나. 하지만 그건 좋은데….."

그는 팔짱을 낀 채 물속을 바라보면서 말했다.

으음. 나도 잠시 할 말을 잃었다.

깊었다!

이 결계는 정말 깊게 만들어져 있었다.

식인 물고기를 풀어놓았다거나 하는 위험한 장치는 없는 듯했지만 잠수해서 바닥까지 들어가기는 힘들어 보였다.

바닥 쪽에 결계를 형성하는 표식인지 무슨 문양이 그려져 있는 것이 보였다. 그리고 그 중앙에….

"뭐야, 저게?"

가우리가 물었다.

결계 중심부에 무언가 거대한 보옥 같은 것이 가라앉아 있었다.

에메랄드를 엷게 만든 것 같은 색.

안에 무언가 들어 있는지 표면에는 묘한 형태의 그림자가 떠올라 있었는데, 거리가 먼 데다 수면이 반사하는 터라 잘 보이지 않았다.

"글쎄…."

모호한 대답을 하는 나.

잠시 아무 말 없이 그것을 바라보는 두 사람.

얼마 후에 가우리가 작게 중얼거렸다.

"내 눈에는… 거대한 에메랄드 속에 사람이 들어 있는 것처럼 보이는데…."

"뭐어…?"

나는 놀라서 소리를 질렀다.

"음, 확실히 사람 그림자처럼 보여."

몸을 내밀고 가우리는 그것을 바라보았다.

어지간히 눈이 좋은 모양이다. 나도 시력에는 자신 있는 편이지만, 그래도 그것은 단순히 검은 그림자로밖에 보이지 않았다.

"확인해봐야 할 것 같아. 근거는 없지만 아무래도 저게 이 결계의 핵심이 되고 있다는 느낌이 들어."

"확인하다니, 어떻게?"

"일단…."

퍼억!

나는 갑자기 뒤쪽에서 그의 허리를 걷어찼다.

"우와앗, 우왓!"

첨벙!

요란한 물소리를 내며 기둥 위에서 떨어지는 가우리.

"무슨 짓이야, 갑자기!"

수면 위로 얼굴을 내밀고 가우리가 소리쳤다. 나는 기둥 가장자리에 앉아서 웃는 얼굴로 그를 내려다보며 말했다.

"아니, 네가 조사를 해줬으면 해서…. 난 젖는 게 싫거든."

"호오오오."

그는 씩 웃더니….

"어… 우왓!"

갑자기 발목을 끌어당기지 마!

첨벙!

나는 그대로 물속으로 떨어졌다. 엉겁결에 물을 마시고… 의식이 저편으로 사라졌다.

"우… 우읍… 콜록…."

나는 몸을 일으키고 두세 번 콜록거렸다.

"여, 정신 들었어?"

좀 전과 같은 반응을 보이는 가우리.

"갑자기 무슨 짓이야, 너!"

"남 말 할 입장이 아니라고 생각하는데….”

쏘아붙이는 나. 받아치는 가우리.

"갑자기 의식을 잃을 줄은 몰랐어. 그런데 인공호흡까지 해줬는데 그렇게 말하는 사람이 어디 있어.”

"뭐야, 인공호흡 정도 가지고…. 인공… 호흡?”

나는 말끝을 흐렸다.

인공호흡…이라면 설마 입과 입으로!

순간적으로 얼굴에 피가 몰렸다. 힐끔 그의 얼굴을 훔쳐본다.

"저… 저기… 인공호흡…이라면….”

"엎어놓고 등을 밟아줬지.”

퍼억!

웬걸, 자빠져서 이마를 찧는 나.

이… 이 녀석은, 숙녀를 어떻게 보고!

"왜 그래? 아, 알았다. 너, 내가 입으로 인공호흡을 했을 거라 생각한 거지?”

가우리가 놀리는 듯한 말투로 물었다.

"아… 아냐!"

당황해서 반론하는 나.

"당황하고 있네. 당황하고 있어."

"아니라니깐! 그, 그보다는 이 결계가 문제야!"

"흠….."

그는 시선을 수면으로 옮겼다.

"뭐, 널 놀리고 있어봤자 아무런 해결책이 되지 않는 것도 사실이니…."

너… 너 말이야.

"하지만 보통 사람이 들어갈 수 있을 만한 깊이가 아니야. 호흡이 버티질 못할 테니."

"으음….."

물에 빠진 생쥐 꼴로 나는 팔짱을 낀 채 생각에 잠겼다.

"물속에서도 숨을 쉴 수 있는 마법 같은 건 없어?"

"뭐?"

무심코 반문하는 나.

"그러니까 물속에서 호흡할 수 있는 마법 말이야."

"으음….."

나는 머리를 긁었다.

"없나 보군."

실망한 표정으로 말하는 가우리.

"아니, 그게 아니고… 그러고 보니 그런 방법도 있었구나 해서…."

나는 다시 물속으로 밀려 떨어졌다.

"자, 그럼 한번 가볼까?"

나는 물에서 올라와 옷을 말리고 수중 유영 준비를 했다.

준비… 라고 해도 별것은 아니다.

단순히 주문을 외울 뿐이니까.

수중에서 호흡할 수 있는 조건을 만족시키는 주문은 두 가지가 있었다.

첫 번째, 물 계열의 주문으로 물 자체를 호흡할 수 있도록 하는 술법.

그리고 또 하나, 바람 계열의 주문으로 내 주변에 바람의 결계를 만들어 통째로 물속으로 들어가는 것. 커다란 비눗방울 속에 들어가서 잠수한다고 생각하면 될 것이다.

나는 후자를 선택했다.

전자에는 치명적인 결점이 있었던 것이다.

즉… 또 물에 젖어버린다는 것. 나는 주문을 외우기 시작했다. 바람이 소용돌이치며 나를 감쌌다.

발이 지면에서 둥실 떨어졌다.

"레이 윙!"

나는 상당한 속도로 물속으로 돌입했다.

원래는 고속 비행용인 이 술법으로 물에 들어갈 수 있다는 것을 알게 된 것은, 해변에서 이 기술로 놀다가 제어에 실수하여 바닥에 처박혔을 때였다.

비밀이지만….

어쨌거나 술자를 둘러싼 바람의 결계는 물속에서도 유효했다.

물론 이 술법도 룬 브레이커의 간섭을 피할 수는 없었다. 나를 둘러싼 바람의 결계가 평소보다 훨씬 작았고 이동 속도도 상당히 떨어진 상태였다.

호흡이 곤란해지면 곧장 수면으로 나오기로 했다. 잘못해서 질식사라도 한다면 후대에까지 웃음거리가 될 테니까.

하지만 아무리 약해졌다고는 해도 바닥에 도달하기 전에 바람의 결계의 공기가 떨어지는 일은 없을 것이다.

목표인 거대한 보옥에 다가갔다.

물 위에서 보았을 때 거리 감각이 없어서 크기조차 판별하기 어려웠지만, 이렇게 보고 있으니 확실히 사람이 들어갈 수 있을 만한 크기였다.

"흠…."

이곳에는 아까 내가 만든 '라이팅'의 빛도 희미하게 도달할 뿐이었다.

나는 다시 '라이팅'의 주문을 외워 근처에 띄웠다.

"!"

말문이 막혔다.

정말로—.

그 거대한 보옥 속에는 정말로 한 남자가 누워 있었던 것이다.

자고 있는 듯 조용히 눈을 감은 채….

"이… 이건…."

나는 그 옆에 바람의 결계를 머물게 했다.

이곳은 룬 브레이커의 중심,

즉 그 영향력이 가장 강한 곳이었다.

옅은 에메랄드빛 거대한 보옥 속에 잠들어 있는 남자….

긴 머리카락에 키는 크지도 작지도 않았다.

몸에 두른 망토와 로브는 명백히 고위 마법사의 신분을 나타내고 있었다.

중년이라고 하기엔 너무 젊지만 청년이라고 부르기에는 조금 나이가 들어 보였다.

눈은 감겨 있었지만 꽤나 미남이었다.

에메랄드빛에 감싸여 있는 터라 옷가지 등의 색깔까진 알 수 없었지만.

설마 이 사람이….

어떤 생각이 내 뇌리를 스쳤다.

하지만 만약 그렇다면….

나는 느릿하게 바람의 결계를 그에게 접근시켰다.

에메랄드의 일부가 나의 결계와 닿았다.

그 순간.

…누구입니까?

목소리가 내 머릿속에 울려 퍼졌다.

"사념파(Telepathy)…."

나는 놀라 중얼거렸다.

[당신은… 여자분… 이군요. 적의는 없는 듯한데… 그렇다면 타림이나 데이미아가 묘한 마음을 먹은 것은 아닌 것 같군요.]

"저기, 잠깐만요. 무슨 소린지 잘 모르겠는데…."

[아, 특별히 소리를 내어 말할 것 없어요. 사념파니까.]

그의 말에 나는 얼굴이 화끈거렸다.

사념파라는 것은 말이 아니라 정신으로 의사소통을 하는 술법이기에, 당연히 생각한 것을 일일이 말로 할 필요가 없었다.

이 술법을 쓰려면 천성적으로 특수한 체질이어야 하는데, 이것을 쓸 수 있는 마법사는 극히 소수였다. 나 역시 이 술법만은 쓰지 못했다.

즉 지금의 상태는 사념파를 쓸 수 있는 누군가가 자신의 마음을 나에게 전하고 그에 대한 나의 대답을 읽어내고 있는 상태였다.

어쩌면 이 기술은 마법과 성질이 다른 것인지도 모르겠다. 실제로 룬 브레이커의 한복판임에도 아무런 간섭도 받고 있지 않는 것처럼 보였다.

"그런데 당신은 누구죠?"

나의 물음에 남자는 느긋한 태도로 답했다.

[아, 소개가 늦었군요. 전 아트라스 시티의 마법사 협회 평의장인 할시폼이라고 합니다.]

"하… 할시폼?!"

또다시 놀라 크게 소리치는 나.

설마 했는데 역시….

잠시 동안의 침묵.

[가… 갑자기 그런 큰 소리를 내시면…. 아니, 그렇게 놀라지 말아 주십시오.]

[하… 하지만 제가 아니더라도 누구나 놀랄 거예요. 당신은 분명 반년 전쯤 실종되었다고….]

[실종당한 겁니다, 그 두 사람에게.]

[그 두 사람이라면… 역시….]

[예. 타림과 데이미아입니다.]

뭐라고오오오?!

흑막이 있는 사건이라고는 생각했지만 역시….

그 아저씨가…!

[그 두 사람은 아마 평의장 자리 같은 쓸데없는 것에 눈이 멀었던 것이겠지요. 어느 날 타림이… 이크….]

[왜 그러시죠?]

[그러고 보니 전 당신의 이름도 모르는군요. 이런 곳까지 오셨으니 단순한 통행인은 아닐 것 같은데….]

[전… 리나. 리나 인버스라고 해요.]

[호오, 당신이 그….]

나는 그에게 사건의 경위를 간략하게 설명했다. 도중에 두 번 정도 몸에 두른 바람의 결계가 약해져서 물 위로 얼굴을 내밀 수밖에 없었지만.

[뭐, 그런 이유로 이렇게 당신을 만나게 된 셈이지요.]

[그렇군요. 심리 묘사는 둘째치고 대강의 줄거리는 알았습니다. 그렇다면 당신도 타림에게 속은 셈이로군요. 저도 이곳으로 유인 당해 어이없이 이런 이상한 것 안에 갇히고 말았습니다. 어쨌거나 만만히 봐서는 안 될 사람이지요.]

하긴 탱탱한 게 빈틈이 없어 보이긴 했어….

[탱탱하다고요?]

아차, 생각한 것이 그대로 전해진다고 했지.

[아뇨, 아뇨. 아무것도 아니에요. 어쨌거나 일단 관계자 입장에서 사정 설명을 좀 들었으면 좋겠는데….]

[예. 반년 전쯤의 일인데요. 어느 날 타림이 '중요한 이야기'가 있다고 불러내더군요. 전 아무 생각 없이 갔지요. 그래서 도착한 곳이 이 데이미아의 저택이었는데, 위에 있는 방 한가운데로 갔더니 갑자기 슬라임 같은 것이 습격해 왔습니다. 당황해서 마법을 쓰려고 했는데 여의치 않더군요. 그래서 그 슬라임 같은 것에 갇힌 채 그대로 이곳에 빠진 것입니다.]

[아하, 이 에메랄드색 물체는 그것이 굳어진 결과였군요.]

[그렇습니다. 아마 평의장 자리가 탐나서 타림과 데이미아가 짜

고 한 짓일 텐데… 역시 내분이 일어난 게로군요, 그 두 사람. 아하하.]

웃을 일이 아니라니깐.

남 일처럼 말한다, 이 사람.

하지만… 화가 나는 것은 타림 아저씨!

어쩐지 할시폼의 이야기를 할 때 태도가 이상하다 했다.

그런 내막이 있었던 게군!

용서 못 해! 할시폼 일은 접어둔다 해도 나를 속이다니, 그 죄는 죽어도 마땅하다.

[저기, 생각 중에 죄송한데… 절 잊고 계시면 곤란한데요.]

아.

[아… 아아, 미안해요. 이것은 실언…. 음, 생각이니 실언은 아닌가? 어쨌거나! 당신의 원수는 저, 리나 인버스가 반드시 갚아줄게요!]

[아니, 저기… 전 아직 안 죽었는데요. 여기서 꺼내주시면 정말 감사하겠다는 생각이 들기도 합니다만.]

[으음… 꺼내려면 역시 이 껍질을 깨뜨려야겠지요?]

[그렇겠죠.]

자신 없는 대답을 하는 할시폼.

[미안해요, 자신이 없어서.]

상대하기 힘드네, 사념파라는 것은….

"가우리!"

나는 물에서 올라오자마자 소리를 질렀다.

"네 검 좀 빌려줘! 검 좀!"

"뭐… 뭐야, 갑자기 올라오자마자….

기둥 위에 누워 있던 그는 당황해서 몸을 일으켰다.

이 녀석, 남은 물속에서 힘든 일을 하고 있는데 태평스럽게….
아니, 지금은 그보다도….

"그 안에 역시 사람이 갇혀 있었어! 꺼내주고 싶은데… 그 껍데
기를 깨려면 아무래도 네 검이 필요해."

"알았어."

그는 왼손으로 허리의 검을 잡고 오른손으로 품속에서 가느다
란 바늘을 하나 꺼냈다.

그 바늘로 검의 자루 부분을 쿡 찔렀다. 작은 금속이 무딘 소리
를 내며 바닥에 떨어졌다.

칼자루와 칼날을 고정하기 위한 고정쇠였다.

그는 검을 분리하더니 칼날을 칼집에 남긴 채 칼자루 쪽을 나에
게 건넸다.

장난을 치고 있는 것이 아니다.

나는 그것을 양손으로 받아 들고 정면으로 자세를 취했다.

"빛이여!"

자루에 칼날이 생겨났다.

눈부시게 빛나는 빛의 칼날이.

이것이 바로….

사일라그 시티의 마수를 해치운 전설의 그 '빛의 검'이었다.

사실 내가 가우리와 함께 여행을 하는 이유의 절반 이상은 이 검 때문이었다.

사람의 정신력을 칼날이라는 형태로 구현하는 이 검은 나에게 있어선 실로 매력적인 연구 대상이었다.

그건 그렇고… 마력을 약화시키는 강력한 룬 브레이커의 결계 한복판에서도 이 빛의 칼날은 평소에 비해 아무런 손색도 없었다.

단검 정도의 쪼잔한 칼날이 나오는 사태를 절반 이상 각오하고 있었는데….

어쩌면 이 검은 보통 '마법 아이템'과는 성질이 다른지도 모르겠다.

어쨌거나 그런 것은 차분히 연구하지 않으면 알 수 없는 일이지만….

"아, 맞다. 가우리, 이 검 나한테 줄 생각 아직 없어?"

돌아보며 말하는 나에게 그는 귀찮다는 듯 손을 저었다.

"없어, 그런 생각은. 됐으니까 얼른 갔다 와."

"깍쟁이…."

나는 잔뜩 부은 얼굴로 오늘만 몇 번째인지 모를 주문을 외우기 시작했다.

"레이 윙!"

오늘만 몇 번째인지 모를 수중 유영.

가능하면 이걸 마지막으로 하고 싶다….

"바 루 플레어[爆炎禾]!"

"댐 브라스[振動彈]!"

콰과과광!

나와 할시폼 평의장이 동시에 쏜 두 줄기 빛이 먼 위쪽의 천장을 부쉈다.

먼지와 함께 무수한 파편이 떨어졌고 위쪽 방에서 빛이 새어 들었다.

세 사람은 그 빛을 향해 올라갔다.

그 뒤 여차여차해서 평의장을 구해낸 나는 내친김에 '빛의 검'으로 결계의 기둥을 무너뜨렸다.

실수로 가우리가 있는 쪽을 무너뜨리고 말았지만 그 정도는 애교였다.

어쨌거나 그에게 좀 더 자세한 사정을 들은 다음 바닥… 이랄까, 천장을 부수고 '레비테이션'을 써서 위쪽으로 올라가고 있는 중이었다.

위쪽에선 상당히 당황한 듯 의미를 알 수 없는 고함 소리가 울려 퍼졌다.

"아, 할시폼 씨. 데이미아는 꽤 강력한 마족을 둘 정도 기르고 있는 것 같으니까 모쪼록 조심해요."

"아… 예."

밝게 대답하는 할시폼 씨. 괜찮을까, 정말로…?

이윽고 세 사람은 무너진 바닥을 통해 빠져나왔다.

그곳에는 멍하니 우리를 바라보는 데이미아의 모습이 있었다.

"많이 기다렸지?"

그렇게 말하고 나는 씩 웃어 보였다.

허리에 가우리가 매달려 있어서 그리 폼은 나지 않았지만.

"우와아아아아!"

영문을 알 수 없는 소리를 지르고 철퍼덕 엉덩방아를 찧는 데이미아.

쿵, 하고 세 사람은 온전한 바닥 뒤에 내려섰다.

"하… 하… 할시폼 평의장!"

"여, 반년 만이로군요, 데이미아 부평의장님."

할시폼은 말했다.

여전히 싱글벙글 미소를 지은 채.

이… 이건 좀 무섭다.

데이미아도 이미 파랗게 질려 있었다.

"히익…. 아… 아니야. 아닙니다. 제가 아녜요. 제가 한 게 아니라고요."

한심한 소리를 쥐어짜내는 데이미아.

자기 집 바닥에 결계를 만들어서 가둬놓고선 '내가 한 짓이 아니다'는 말은 좀 아니지 않나?

"후우… 그럼 누구 짓일까요?"

싱글벙글 웃으며 말하는 할시폼.

무섭다니깐…

"타… 타림입니다! 타림 녀석이 감언이설로 속여 저에게 이런 짓을 시킨 겁니다! 저는 당신에 대해 추호도 악의를 가진 적이 없습니다! 그러니까… 그러니까 부디 용서를!"

너 말이야….

"후우, 그러셨나요? 그럼 전 타림과 이야기를 해보도록 하지요."

뜻밖의 말을 하는 할시폼. 나는 무심코 그에게 시선을 돌렸다.

"아…."

데이미아의 얼굴이 희망으로 빛났다.

"그… 그렇고말고요! 하하… 그러셔야 이 아트라스 시티의 위대한 평의장이시요! 그렇습니다! 그러셔야 합니다!"

"아, 그럼 리나 씨, 가우리 씨, 갈까요?"

그는 그렇게 말하고 빙글 뒤로 돌았다. 그 뒤로는 데이미아에게 신경 쓰지 않고 저벅저벅 출구(로 생각되는 문) 쪽으로 걸어갔다.

당황해서 뒤를 따르는 두 사람.

"괜찮을까요? 저 사람… 내버려 둬도…."

뒤에서 바닥에 늘어진 채 발작적인 미소를 짓고 있는 데이미아에게 힐끔 시선을 돌리고 물었다.

"뭐, 어떻습니까."

가벼운 말투의 평의장.

"예전부터 제대로 된 대화를 할 수 있는 사람이 아니었는데…잠깐 제가 물에 잠겨 있는 사이에 그 증상이 한결 심해진 것 같군요. 뭐, 내일이나 모레쯤 리트한 공에게 이야기해서 평의회를 통해 결판을 내도록 하지요. 아, 제가 부활했다는 얘기는 타림에게 하지 마시길."

"예. 그 전에 우리는 더 이상 타림 쪽에 가담할 생각이 없어요. 상대는 우리를 속이고 이용하려 한 거니까 계약도 자동적으로 해지된 셈이고, 더 이상 그 사람에게 협력할 생각도 없고요."

"예. 그편이 좋을 겁니다."

그 순간 나는 왠지 묘한 예감을 느꼈다.

세 사람은 밖으로 나왔다. 이미 해는 중천에 떠 있었고 거리에는 길을 가는 사람들의 모습이 보였다.

"그럼 전 일단 제집으로 돌아가겠습니다."

"예. 분명 루비아 씨도 기뻐하실 거예요."

내 말에 그의 미소가 움찔 굳어졌다.

"루비아를 알고 계셨습니까?"

"조수잖아요. 타림에게 그렇게 들었는데…."

나는 생각나는 대로 거짓말을 했다.

이유는 스스로도 알지 못했다.

가우리는 멋진 포커페이스. 어쩌면 그저 루비아 씨를 잊고 있는 걸지도 모르지만….

"그랬군요. 그럼 당신들도 조심하시길. 타림이 무언가 움직임을 보일지도 모르니까요. 언제 다시 협력을 부탁드릴지도 모르겠습니다만…."

"예. 우리는 아랫마을 '은룡정'에 묵고 있을 테니 모쪼록 조심하시길."

"예. 그럼 이만…."

그는 손을 흔들더니 하얀 망토를 펄럭 나부꼈다.

사라져가는 그 뒷모습을 나는 이유도 없이 언제까지고 바라보았다.

눈을 떴을 때는 밤의 어둠이 이미 마을을 뒤덮고 있었다.

짐을 맡겨놓은 여관으로 돌아온 것은 점심나절이었지만, 식사를 마친 후 각자의 방에서 한숨을 청했던 것이다.

나는 이미 깨어 있던 가우리와 식당에서 저녁을 먹으면서 앞으로의 방침에 대해 이야기를 나누었다.

"어쨌거나 할시폼 평의장을 지원하는 형태가 되겠지."

"으음…."

채소 샐러드에 손을 가져가며 불만스러운 표정으로 신음하는 가우리.

"왜 그래?"

"아니…. 조금 맘에 걸리는 게 있어서. 그 두 마족이 데이미아가 기르는 것이라고 하면 어째서 우리가 저택에 난입했을 때 부르지 않았을까?"

나는 포크 소테를 씹으면서 한숨을 쉬었다.

"그곳은 '룬 브레이커', 즉 마력을 감퇴시키는 결계의 한복판이었다고. 그런 곳에서 마력을 힘의 근원으로 하는 마족을 불러봤자 별로 도움이 안 돼."

"하지만 우리가 결계를 파괴해서 탈출한 후엔? 왜 그때는 녀석들을 불러서 세 사람을 한꺼번에 해치우려고 생각하지 않았을까? 넌 어떻게 생각해?"

"글쎄. 그리 제대로 된 정신을 가진 사람도 아니었던 것 같고, 발상이 근본적으로 보통 사람과는 다른 것 같아서…."

"그래서 너한테 묻고 있는 거잖아."

"무슨 의미야, 그게?"

가우리는 딴청을 피우며 말했다.

"별로 깊은 의미는 없어. 그저 너도 보통 사람이 아니라고 생각했을 뿐."

꽤나 깊은 의미가 있잖아!

"하지만 그저 불가능했던 것일지도 몰라. 우리가 그렇게 쉽게 탈출할 거라곤 생각하지 못해서 그 둘을 다른 용무로 딴 곳에 보냈다든지."

"으음, 그쪽은 그렇게 설명이 된다 해도 말이야. 어째서 타림과 데이미아는 할시폼을 죽이지 않은 거지?"

"나중에 이용할 생각이었겠지, 아마도…."

"그렇군…."

그는 별로 납득이 안 간다는 얼굴로 그다지 우아하다고는 할 수 없는 소리를 내며 벌컥벌컥 허브 술을 마셨다.

나는 따뜻한 우유를 홀짝거렸다.

"문제는 데이미아가 어떻게 움직일까 하는 거야. 행동 방향이 갈피를 잡을 수 없어서 말이지."

"그건 그래."

떨떠름한 얼굴로 고개를 끄덕이는 가우리.

머릿속에 떠오르는 여러 가지 행동 중 어떤 것을 취할지 알 수 없었다.

여하튼 제대로 된 사람이 아니니.

우리와 할시폼 평의장을 제거하려 할지도 모른다.

할시폼을 살려둔 것은 무언가 타산이 있어서겠지만 이렇게 된 후에도 아직 그 타산이 작용할 거라곤 단정할 수 없다.

타림을 죽이고 그걸로 할시폼에게 용서를 구하려 할지도 모른다. 물론 그렇게 해도 죗값이 사라지기는커녕 오히려 입장이 더 나빠지겠지만 그가 그 점을 알지는 의문이다.

어쩌면 겁을 집어먹고 그저 집에서 떨고 있을 수도 있다.

마을에서 도망칠 가능성도 있다.

할시폼 씨는 말렸지만 그때 어떻게 해버리는 것이 좋지 않았을까?

"그리고 또 하나, 마음에 걸리는 것이 타림의 움직임이야. 우리가 사라진 것을 눈치채고 행동에 들어간다면 데이미아와 접촉을

하게 될지도 모르니까."

"만약 그렇게 되면 다시 한번 연합할 가능성도 충분히 생각할
수 있겠지."

"그래."

"그렇다면 지금 우리가 할 수 있는 일은…."

"뒤에서 몰래 할시폼을 호위하는 것 정도일까?"

"그래. 무료 봉사가 되긴 하겠지만 식사가 끝나면 가보자.

아저씨, 여기 스페셜 디너 세트 하나 추가요!"

4. 이 사건을 배후에서 조종하는 사람은 누구?

이미 거리에 사람들의 모습은 보이지 않았다.

하늘은 이미 어두웠고 처마가 연이어진 집들에선 흐릿한 불빛이 새어 나왔다.

두 사람은 그저 묵묵히 길을 걸었다.

공기가 조금 쌀쌀했다.

망토는 타림의 저택에 놓고 온 터라 지금은 일단 예비로 가지고 있는 망토를 입었다. 어깨가 다소 처진 편인 나는 망토만으론 별로 폼이 안 났다. 그래서 어제, 아니 오늘 아침 여관으로 돌아오는 도중에 구입한 가죽제 숄더 가드를 장착했다.

검을 잊지 않고 가져와서 다행이야, 정말.

그런데 그 큰 거북이의 등껍질을 깎아서 만든 숄더 가드도 꽤 비싼 물건인데… 이번 일이 해결되면 가지러 가야겠다.

오르막길이었다.

어두운 길에는 검은 망토를 두른 마법사가 홀로 가로등에 '라이팅' 마법을 밝히고 있을 뿐 아무도 없었다.

"어디로 가는 겁니까, 두 사람?"

갑자기 어디선가 들은 기억이 있는 끈적끈적한 목소리가 났다.

나와 가우리는 발길을 멈추었다.

주위에 있는 사람은 이쪽에 등을 돌린 채 '라이팅'을 밝히고 있는 마법사뿐.

마법사…? 아니.

헝클어진 은색 머리칼은 바람에 뒤쪽으로 나부끼고 있고,

가로등에 뻗은 손은 기묘하게 길다.

나는 입가에 작은 미소를 띠며 말했다.

"지연 작전인가요? 기오 가이아 씨."

"아니."

그는 느릿하게 돌아보았다.

녹색 눈동자가 희멀건 빛을 냈다.

"지연 작전이 아니라 결판이지."

하늘하늘 바람에 흔들리는 발걸음으로 그는 길 한가운데로 이동했다.

누더기 같은 로브 자락이 바람에 휘날렸다.

"가우리, 그거 언제든지 쓸 수 있게 해놔."

나는 낮은 목소리로 말했다. 그는 작게 고개를 끄덕였다.

그거란 말할 것도 없이 '빛의 검'을 말한다. 기오나 세이그람 같은 순수 마족에겐 물리적인 공격은 일절 통하지 않았다. 마법 공격도 효율이 떨어졌고, 술법에 따라선 전혀 효과가 없는 것도 있었다.

빛의 검은 물리적인 파괴력도 막강하지만 상대의 정신까지 베

는 성질도 함께 가지고 있었다. 말하자면 존재 자체를 파괴하는 검인 것이다. 그런 까닭에 마족에게도 상당한 효과를 기대할 수 있었다.

상대의 기량이 지나치게 강할 경우엔 이야기가 다르지만….

그래도 기오나 세이그람 정도라면 충분히 통용될 무기임은 틀림없었다.

"너에게는 무리야."

나는 조용히 말했다.

"하얀 가면과 함께 왔다면 어떻게 되었을지 모르지만."

"하얀 가면? '얼굴 없는 세이그람' 님 말인가?"

얼굴 없는 세이그람? 그렇다면 그 가면 밑엔 아무것도 없다는 건가?

"그분은 다른 용무로 바쁘시다. 너희들을 해치우는 데 나 혼자로 부족한지는… 싸워보면 알 것이다."

발소리조차 내지 않고 미끄러지듯 접근하는 기오.

"그만두는 게 신상에 좋을 텐데?"

나는 오른손을 조용히 올리고 손바닥을 기오에게 향했다.

주문을 외우는 나를 조용히 바라보는 기오.

"다그 웨이브[地雷波]!"

마족의 발밑에 있는 땅이 대폭발을 일으켰다.

물론 이걸로 기오에게 대미지를 입힐 수는 없을 것이다. 눈가림이었다.

'빛의 검'을 뽑아 든 가우리가 풀풀 피어오르는 흙먼지 속으로 돌진했다.

동시에 위로 뛰어오른 쌍가면. 가우리가 먼지 속에 있다는 것을 눈치채지 못했다.

"에르메키아 란스[烈閃槍]!"

나는 계속해서 주문을 구사했다. 착지점을 예측하여 정신을 쇠약하게 하는 마법의 창을 발사했지만 그는 공중에 정지하여 그것을 피했다.

"이 꼬마 계집애가!"

그렇게 말하더니 기오는 오른손을 크게 내리쳤다. 순간 불길함을 느끼고 나는 크게 옆으로 도약했다.

부웅!

벌레 날개 소리와 비슷한 낮은 울림이 귓전을 스쳤다.

머리카락 몇 가닥이 잘려 나갔고 망토 끝부분이 찢어졌다.

묘한 불쾌감이 남았다.

독기(毒氣)의 충격파!

위험한 기술을 가지고 있다. 저런 것을 제대로 맞았다간 거인이라도 한 방에 갈 것이다.

만약 손이나 발로 막는다고 해도 독기는 상처를 통해 체내로 퍼져 이윽고 희생자를 죽음에 이르게 할 것이다.

방심할 만한 상대가 아니었다.

싸움이 길어지면 그만큼 이쪽이 불리해질 것이다.

"댐 브라스!"

나는 연신 주문을 구사했다.

이 작고 붉은빛의 구슬은 충돌하면 강한 진동을 주고 자폭하여 목표물을 분쇄하고 파괴한다.

대지가 도처에서 폭발하며 성대한 흙먼지가 일어났다.

그것이 서로의 모습을 가렸다.

물론 나도 기오가 어디 있는지 알 수 없었다.

마족에겐 인간의 악의와 적의를 민감하게 느낄 수 있는 능력이 있지만 지금은 나와 가우리도 기척을 완전히 차단하고 있었다. 기오 역시 우리 위치는 모를 것이다.

상대가 독기의 충격파를 난사할 마음을 먹기 전에….

"어디야?!"

외침과 동시에 나는 내 발밑에 주문을 한 방 날리고 곧바로 그 자리를 떠나 웅크렸다.

충격파가 먼지를 뚫고 날아왔다.

그것은 방금 내가 머물렀던 공간을 정확히 노렸다.

"우왁!"

공격은 완전히 빗나갔지만 일부러 나는 비명을 질렀다. 마족을 속이려면 정말로 아픈 척해야 한다. 그야말로 실감 나는 연기!

"흥, 별것 아니군!"

내 계책에 완전히 넘어가서 어슬렁어슬렁 나오는 기오 가이아. 전사가 자신을 상처 입히는 것은 불가능하다고 생각하고 있는 건지 모습을 보이지 않는 가우리는 이미 안중에 없었다.

마족은 '빛의 검'의 존재를 모른다.

그것이 내가 노리는 바였다.

좀 전의 자작극과 비명은 단순히 기오를 유인하기 위해서만은 아니었다.

가우리에게 보내는 신호도 포함되어 있었던 것이다.

"어디 보자. 안 보이는데…?"

주위를 둘러보는 쌍가면에게 기합 소리조차 없이 흰 칼날이 번득였다.

"크아아아아악!"

기오의 절규가 메아리쳤다. 가우리의 일격은 마족의 이상하리만치 긴 오른팔을 잘라버렸다.

그나마 반사적으로 몸을 피했기에 아쉽게도 기오의 목숨은 연장될 수 있었다.

"너, 이놈!"

돌아서자마자 왼손을 뻗는 쌍가면.

충격파가 가우리를 엄습했다. 아무리 가우리라 해도 피할 수 있는 거리가 아니다.

"하앗!"

가우리가 기합 소리를 냈다.

나와 기오는 눈을 크게 떴다.

기오가 쏜 충격파는 가우리의 '빛의 검'에 의해 힘없이 흩어져

서 무해한 산들바람으로 변하고 말았다.

"말도 안 돼, '빛의 검'이라니?! 그런 이야기는 들은 적 없어!"

경직된 채 외치는 기오.

그야 그렇겠지.

이쪽에 이런 비밀 병기가 있다는 것을 알고 있는 사람은 이 마을에선 나와 가우리, 할시폼 평의장 정도이다. 모르는 게 당연.

참고로 말하자면 기오가 모르는 것이 하나 더 있었다.

나는 훌륭한 기사도 정신 따윈 가지고 있지 않다는 것.

멍청히 멈춰 선 마족이 충격에서 벗어나기를 기다릴 생각은 없었다.

"에르메키아 란스!"

나의 주문은 이번에야말로 마족의 몸에 박혔다.

"크아아아악!"

다시 비명을 지르는 기오 가이아.

상대의 정신을 쇠약하게 만드는 이 주문을 맞을 경우, 인간이라면 극도의 피로감으로 잠시 쇠약한 상태가 될 뿐이지만, 정신 생명체에 가까운 마족일 경우에는 인간에 비해 치명적인 대미지를 입을 수 있었다.

하지만… 여전히 아직 죽지는 않았다!

"가우리!"

"응!"

달리는 가우리. 도약하는 쌍가면.

어둠 속에 빛나는 '빛의 검'은 간발의 차이로 미치지 못했다.

"다음에 만날 때는 반드시 죽이고 말겠다!"

그 말을 남기고 어둠 속으로 달려가는 기오. 인간이 따라갈 수 있을 만한 속도가 아니었다.

"칫…"

'빛의 검'을 칼집에 넣고 가우리는 내 곁으로 다가왔다.

"놓치고 말았구나. 그런데 그런 진부한 대사를 남기고 가다니."

흙먼지는 서서히 가라앉고 있었다.

이만큼 큰 소동을 일으켰으니 근처 주민들이 눈치 못 챌 리가 없었지만 말려들기 싫은지 아무도 밖에 나오지 않았다.

현명한 판단이었다. 이쪽도 그러는 편이 싸우기 편했다.

하지만 단 한 사람.

언덕 위에 조용히 우뚝 서 있는 사람이 한 명 있었다.

가로등의 희미한 불빛이 남자의 머리카락을 붉게 비추었다.

"란츠인가?"

가우리가 말을 걸었다.

란츠의 얼굴은 왠지 창백했다.

"너… 너희, 지금까지 대체 어디 있었던 거지?"

그는 떨리는 목소리로 물었다.

"왜 그래? 무슨 일 있었어? 상태가 이상한데."

나는 그렇게 말하고 그에게 다가갔다.

흠칫, 그는 뒤로 물러섰다.

"너희… 데이미아한테 갔었나?"

"뭐?"

나와 가우리는 얼굴을 마주 보았다.

순간 할시폼 평의장 편에 붙은 것이 들켰나 싶었지만 그것치곤 태도가 이상했다.

"무슨 일 있었어?"

"갔었느냐고 묻고 있잖아!"

나의 물음에 란츠가 외쳤다.

분노에 의한 것이 아니라 공포를 얼버무리기 위한 외침.

"그래. 갔었어. 하지만…."

"그럼!"

그는 다시 거친 목소리를 냈다.

"그 짓을 한 것도 너희들이야?!"

그 짓?

'그 짓'이라는 것은 할시폼 씨의 구출을 말하는 건가? 그렇다면 그렇게 겁먹을 일도 아닌데.

"그 '그 짓'이라는 게 뭔데? 대체 데이미아의 집에 무슨 일이 일어난 거야?! 우리는 데이미아의 집에 가긴 했지만 아무 짓도 하지 않고 곧장 돌아왔다고. 다른 사정이 있어서 여기 있긴 하지만…."

나는 일단 거짓말을 했다.

여기서 사실을 말해봤자 이야기가 복잡해질 뿐이다. 무엇보다 일단 그를 납득시키고 진정시키는 것이 우선이었다.

"아무 짓도… 안 했다고?"

그는 넋이 나갔다 돌아온 듯 갑자기 멍한 말투로 말했다.

"그래. 맹세코 아무 짓도 안 했어. 정말이야. 내 눈을 봐."

나는 물끄러미 정면으로 그의 눈동자를 바라보았다.

잠시 두 사람은 서로를 바라보았다.

'여기서 갑자기 시선을 돌리는' 개그를 선보이고 싶은 충동에 사로잡혔지만 아무래도 그럴 상황은 아닌 듯했다. 나는 필사적으로 그 유혹을 이겨냈다.

"부탁이니까 이야기해봐. 데이미아의 집에 대체 무슨 일이 일어난 거지?"

나는 시선을 마주한 채 물었다.

란츠는 크게 한숨을 내쉬었다.

"어떻게 설명해야 할지… 잘 모르겠지만… 어쨌든 따라와!"

나와 가우리는 얼굴을 마주 보고 동시에 크게 고개를 끄덕였다.

"알았어. 가자."

달빛을 배경으로 데이미아의 저택은 조용히 서 있었다.

몸에 한기와도 같은 긴장감이 흘렀다.

겉보기에는 어젯밤과 하나도 차이가 없었다.

하지만….

어젯밤 우리가 방문했을 때와는 집에 떠도는 요기의 수준이 달랐다.

여기서 무슨 일이 일어난 걸까….

"무시무시한데."

작게 중얼거리는 가우리.

그 이마에 작은 땀방울이 맺혀 있다는 걸 나는 눈치챘다.

"그럼 가볼까? 싫지만…."

나는 일동을 재촉했다.

꿀꺽….

옆에서 란츠가 크게 침을 삼키는 소리가 들려왔다.

세 사람은 열려 있는 문으로 들어갔다.

무겁고 축축하고 차가운 공기가 몸에 감겼다.

문 바깥쪽과 문 안쪽은 공기조차 완전히 달랐다.

숨 막히는 적의, 슬픔, 절망감….

그것들이 절묘하게 배합된 공기….

쉽게 말해… 독기.

우리는 그것을 그렇게 불렀다.

현관문은 잠겨 있지 않았다.

"웃…."

문을 연 나는 작게 소리를 냈다.

집 안에 가득한 비린내.

날고기 냄새.

"뭐지, 이 냄새는? 피 냄새라는 건 알겠는데…."

가우리는 얼굴을 찌푸리고 혼잣말로 중얼거렸다.

"이쪽이야."

내키지 않는 표정으로 란츠는 우리를 저택 안으로 안내했다.

냄새는 더욱 강해졌다.

"어젯밤 갑자기 너희가 모습을 감추었잖아."

갑자기 란츠가 입을 열었다.

아마도 내심의 공포를 얼버무리기 위해서일 것이다.

"겨우 그 괴물들을 다 해치우고 한숨 돌리고 있자니 너희 두 사람이 사라진 뒤였어. 당했다면 시체 정도는 남아 있어야 하는데 보이지 않았지. 하지만 밤에 찾으러 다니는 것은 좋지 않을 것 같아서 날이 샌 후… 뭐, 오늘 아침이지만 나와 로드 씨가 각각 나눠서 너희를 찾기로 했어.

찾든 못 찾든 낮에 타림 씨에게 돌아와서 경과를 보고하기로 되어 있었는데 약속 시각이 된 후에도 로드 씨는 돌아오지 않았지."

"로드가?"

나는 놀라 되물었다.

우리는 사정이 있어서 돌아가지 않았지만 로드까지 모습을 감추었을 줄이야.

"대체 뭐가 어떻게 된 건지 전혀 모르겠어. 어쨌거나 나는 계속해서 세 사람을 찾았는데, 문득 이곳이 떠올라 찾아온 것이 저녁이야.

즉… 어젯밤 너희가 어떤 이유로… 데이미아의 집에 갔고, 그곳에서 잡혔든지 당했든지… 분명 곤란한 일이 있었을 거다. 로드

씨도 그럴 가능성을 깨닫고 역시 이곳에 왔는데 같은 사건에 말려 들었을 것이다. 그렇게 생각했었거든.

그런데 와서 보니 사람의 기척은 없고 대신 뭐라고 할 수 없는 분위기가 흐르더라고. 무섭지만 들어와서 보니… 이 꼴이었어."

그렇게 말하고 그는 주위를 둘러보았다.

어젯밤 우리가 통과한 미로 같은 복도였다. 군데군데 좌우에 붙어 있는 문 가운데에는 활짝 열려 있는 것도 있었다.

아무 생각 없이 그중 하나를 힐끔 들여다보았다.

"이이익! 뭐야, 이게!"

바닥은 기묘한 색의 액체로 흠뻑 젖어 있었다.

떨어져서 깨진 무수한 크리스털 병의 파편.

그 안에서 아직도 꿈틀대고 있는 여러 개의 고깃덩어리.

눈과 털이 없는 고양이 같은 생물은 바닥에 엎어진 채 낮은 신음 소리를 내며 이상하리만큼 짧은 팔다리를 바동거리고 있었다.

새하얀 색의 박쥐 같은 것은 내장 비슷한 기관을 주위에 흩뿌린 채 혈관이 비쳐 보이는 하얀 날개를 움찔움찔 경련하고 있었다.

그 밖에도 뱀의 눈과 비늘을 가진 강아지라든지, 열 개 가까운 촉수를 배에 달고 있는 새 등….

어린아이에게 보여주면 비뚤어진 성격이 될 법한 광경이었다.

"뭐… 뭐야, 이게?!"

귓전에 울리는 큰 소리에 놀라 나는 물러섰다. 가우리였다.

"데이미아의 키메라들이야!"

나도 모르게 소리가 커졌다.

책상이 좁다며 방구석에 놓여 있는 수상한 그 도구들을 본 적이 있었다.

일찍이 나는 그것을 어느 나라 마법사 평의회 건물 안에서 본 적이 있다.

그곳에선 애완 겸 호신용의 작은 용을 만들고 있었는데, 지금 이곳에 굴러다니고 있는 생물들은….

"가자. 목적지는 이곳이 아니야."

란츠는 두 사람을 재촉했다.

물론 우리에게 이견이 있을 리 없었다. 떠오를 때마다 밥맛이 떨어질 광경을 계속 쳐다보는 취미는 없었다.

열려 있는 문 안쪽에는 다양한 것이 있었다.

그중에는 내가 봐도 뭔지 모를 것도 있었다.

여러 가지 갑옷과 무기가 몸에 박혀 있는 슬라임이라든지.

무장한 채 미라가 되어 있는 용병인 듯한 남자들의 시체가 빼곡하게 들어차 있는 방이라든지.

그리고….

"뭐야, 이 소리는?"

나는 발길을 멈추었다.

"소리?"

되묻는 가우리.

어디에선가… 꽤 떨어진 곳에서 희미한 웃음소리가 들렸다.

"웃음소리… 맞지?"

란츠가 물었다. 떨리는 목소리로.

"들었어, 너도?"

그는 좌우로 고개를 저었다.

"하지만… 그거야. 내가 본 것은….."

그의 몸이 작게 떨렸다.

"웃고 있잖아."

"뭐야, 그 '그거'라는 게?"

무슨 까닭인지 란츠는 나의 물음에 대답하지 않았다.

역시 그랬다.

그곳은 우리가 어젯밤 찾아왔던 그 큰 문 앞이었다.

거대한 공간을 이용해서 강력한 룬 브레이커를 펼쳐놓았던 그 방의 문 앞이었다.

오늘 아침에도 우리는 이 문을 빠져나왔는데.

들은 기억이 있는 웃음소리는 점점 커지고 있었다.

이 문의 안쪽….

그곳에 그 소리의 주인이 있을 것이다.

즉… 청색의 데이미아가.

처음 만났을 때부터 이상하게 웃는 녀석이었지만 이 웃음소리는 더욱 심상치 않았다.

"여기야?"

나의 물음에 란츠는 말없이 고개를 끄덕였다.

"연다."

가우리는 우리의 대답도 기다리지 않고 문을 열었다.

서서히 열리는 문의 틈새로 미친 듯한 웃음소리가 흘러나왔다.

실내로 한 발 들어서며 주위를 둘러본 가우리의 시선이 어느 방향을 향한 채 딱 멈추었다. 문에 가려서 내 눈에는 보이지 않았지만.

"뭐야, 저게…."

떨리는 목소리가 그의 입술에서 흘러나왔다.

나는 힐끔 란츠를 쳐다보았다.

그는 질린 얼굴로 손을 흔들었다.

"나는 여기 있을게. 그런 것 따위 두 번 다시 보고 싶지 않아."

나는 멍청히 서 있는 가우리의 옆을 지나 그가 보고 있는 방향으로 눈길을 돌렸다.

그곳에 그것이 있었다.

"!"

나는 아무 말도 하지 못하고 굳어버렸다.

그것은 하나의 거대한 고깃덩어리였다.

튀어나온 내장을 비틀어서 만든 듯한 그 표면은 끊임없이 맥박치고 꿈틀거렸다.

샤악!

그중 일부가 부풀어 오르더니 고기로 된 작은 뱀이 만들어졌다.

추악한 고기 경단에서 생겨난 뱀은 몸 절반 정도가 만들어진 시점에서 포물선을 그리더니 고깃덩어리의 일부를 뜯어 먹으면서 고기 경단 속으로 다시 파묻혔다.

그런 일이 고깃덩어리의 곳곳에서 일어나고 있었다.

뱀이 고기를 뜯어 먹을 때마다 데이미아의 웃음소리가 한층 커졌다. 고깃덩어리의 중심에 붙어 있는 데이미아의 얼굴이 내는 웃음소리가.

"라우구누트 루샤부나[屍肉呪法]."

나는 조용히 중얼거렸다.

땀방울이 뺨을 타고 흘러내렸다.

과거 한 왕궁에서 그의 이름과 소문을 들은 적이 있다.

'영단왕'으로 이름이 높았던 가이리아 왕국의 딜스 2세, 딜스렌 가이리아가 5천의 정예군을 이끌고 이 세상의 무질서의 원천이라 일컬어지는 '북의 마왕'을 토벌하러 간 것은 지금으로부터 대략 20년 전의 일이었다.

그리고 그와 병사들은 돌아오지 않았다. 아마도 '북의 마왕'에게 당한 것이리라. 그것이 세상에 떠도는 소문이었다.

하지만 사실은….

딜스 왕은 돌아왔다. 오직 혼자서.

날이 밝아 병사들이 알현실에 들어갔을 때 그들은 그것이 어느 틈엔가 도착해 있다는 것을 알았다.

왕의 옥좌에 나뒹굴고 있는 커다란 고깃덩어리. 그것은 자신이 만들어낸 뱀에게 먹히면서 병사들에게 애원했다고 한다.

죽여달라고.

딜스 왕의 목소리로.

어둠의 주법으로 인간이라 할 수 없는 모습으로 변해버린 '영단 왕'의 모습이었다.

참혹한 실상을 보다 못한 한 사람의 병사가 검을 휘둘렀다.

하지만 그것은 일찍이 그들의 왕이었던 자에게 고통을 주는 것에 불과했다.

살리지도 죽이지도 못한 채 중신과 병사들은 이 일에 대해 일절 함구하고 '그것'을 어딘가에 유폐했다.

지금도 가이리아성에선 밤이 되면 죽여달라고 애원하는 딜스 왕의 목소리가 통풍구를 통해 들려올 때가 있다고 한다.

이 주법에 걸린 자가 죽을 수 있는 것은 술자가 죽었을 때뿐….

데이미아에게 걸린 것도 그와 같은 주법이었다.

나는 치밀어 오르는 구토감을 필사적으로 참았다.

인간이라는 그릇 안에 있는 이상 결코 쓸 수 없는 주법이었다. 그렇다면 이 기술을 쓴 것은….

하얀 가면 세이그람.

바깥 공기가 그 얼마나 상쾌했던가.

우리는 데이미아의 저택에서 도망치듯 빠져나와 밤공기를 가

습 가득 빨아들였다.

"설명해 주지 않겠어?"

얼마 후에 란츠가 말했다.

"넌 그것이 무엇인지 알고 있지? 그 표정을 보건대…."

"그렇긴 해."

나는 힘없이 고개를 끄덕였다.

가우리와 란츠의 안색이 창백해 보이는 것은 달빛 때문만은 아닐 것이다.

"그것이… '청색의 데이미아'였던 존재야. 마족이 아니라면 쓸 수 없는 주법으로 완전히 변해버렸지만."

"그게… 사람이었다고?"

란츠는 떨리는 목소리로 말했다.

"그… 그럼 우리가 상대해야 하는 것은 인간을 그런 모습으로 바꿀 수 있을 정도의 힘을 가진… 마족?!"

그의 목소리가 한층 커졌다.

"자… 잠깐 기다려! 서… 설마 너희, 마족을 상대로 싸울 생각이야?!"

그제야 그는 자신이 상대하려 했던 것의 정체를 깨달은 듯 안색이 변했다.

나는 별것 아니라는 듯 고개를 끄덕여 보였다.

"그 설마야. 애당초 우리가 이 사건에 개입한 것도 두 마족이 시비를 걸어왔기 때문이야."

"두, 두, 두 마족?!"

문자 그대로 눈이 뒤집힌 란츠.

"농담하지 마! 그런 걸 상대하다간 목숨이 몇 개 있어도 부족해! 제정신이야, 너희들?!"

"당연하지."

"그런가?"

딱 잘라 말하는 나와 고개를 갸웃거리는 가우리.

우리 둘을 꺼림칙하다는 눈으로 바라보는 란츠.

"너희들… 대체 누구야? 어쩐지 평범한 용병과 마법사는 아닐 것 같더라니…."

아니, 용병과 마법사가 맞기는 한데 '평범'한지 어떤지는 접어 두더라도.

내가 뭐라고 말하려 하자 란츠는 당황해서 제지했다.

"아니, 대답하지 않아도 돼! 어찌 됐든 난 이 사건에서 손을 뗄 테니까!"

말하면서 그는 주춤주춤 물러섰다.

"아니, 아무 말도 하지 마! 하지 않아도 돼! 나를 겁쟁이라고 생각하겠지만 그래도 상관없어! 아무튼 좋은 말로 할 때 관두는 게 좋을 거야! 죽어버리면 아무것도 안 되니까! 잘 들어, 나는 분명 관두라고 했어!"

말이 끝나자마자 그는 달려갔다. 도중에 한 번 멈춰 서서 돌아보더니.

"알았지? 그만둬!"

그렇게 소리를 지르고는 그대로 밤의 어둠 속으로 모습을 감추었다.

나와 가우리는 말없이 그 뒷모습을 지켜보았다.

그를 비난할 생각은 없었다. 아니, 거기서 '나도 싸울래'라고 하는 게 사실 더 난처했다.

그가 약하다는 말은 아니다.

하지만 상대는 마족이었다.

그는 마법을 쓰지 못했고 '빛의 검'은 하나뿐이었다.

즉 아무리 그의 실력이 뛰어나다 해도 앞으로 우리가 일전을 벌이려는 상대에겐 전혀 도움이 되지 않는 셈이었다.

"그런데 리나."

란츠가 사라져간 어둠 저편을 바라보며 중얼거리듯 가우리가 말했다.

"그렇다면 그 마족들은 이 사건이랑 대체 어떤 관련이 있는 거지?"

"뭐…?"

나는 잠시 그를 바라보다….

"아!"

나도 모르게 큰 소리를 냈다.

나는 마족들을 움직인 것이 데이미아라고 생각하고 있었는데
….

보라색의 타림!

나는 란츠가 모습을 감춘 쪽으로 시선을 돌렸다.

타림의 저택이 있는 방향으로.

"쫓자, 란츠를!"

"뭐…?"

어안이 벙벙한 표정을 짓는 가우리.

"그가 위험해!"

나는 말하고 달려나갔다.

"이봐, 무슨 소리야? 녀석이 위험하다니."

나를 따라 달리면서 가우리가 물었다.

"뻔하잖아! 이번 사건의 배후는 아마 그 '보라색의 타림'일 거야!"

"뭐라고?!"

엉겁결에 한순간 멈춰 서더니 당황해서 다시 달리는 가우리.

"무슨 소리야, 그게?!"

"쉽게 말해 타림은 데이미아를 이용해서 할시폼 씨를 봉인했지만, 처치하려던 데이미아가 생각 이상으로 셌던 거야. 그가 룬 브레이커의 결계 안에 있는 한, 마족을 둘이나 보낸다 해도 이길 수 있다는 보장은 없었지. 그래서 타림은 인간 용병을 써서 그를 제거하려고 생각했던 거야."

달리면서 설명하느라 꽤 숨이 찼지만 어쨌거나 지금 설명해 두지 않으면 그는 사정도 알지 못한 채 적과 싸울 수밖에 없다.

그렇게 되면 솜씨가 무뎌질 것이다.

그는 나보다 약간 뒤처져 달리면서 내 말에 귀를 기울였다.

"그래서 로드를 고용했고 우리도 발견했어. 하지만 우리는 의뢰를 맡을 생각이 전혀 없었지. 그래서 그는 마족을 써서 우리를 도발했던 거야. 만약 마족에게 겁을 먹고 물러날 상대라면 도움이 되지도 않을 거란 계산이었겠지."

"거기에 완전히 걸려든 셈이군."

"그래!"

나는 내심 이를 갈았다.

"그리고 자신이 어딘가에 몰래 만들어둔 인조인간과 키메라들을 이용해서 우리의 실력을 시험했어. 그리고 하얀 가면, 기오는 '얼굴 없는 세이그람'이라고 불렀지만, 여하튼 그를 시켜 우리를 데이미아의 집으로 유인했어. 모든 일의 원흉이 데이미아인 것처럼 꾸며서 말이야. 그래서 우리로 하여금 데이미아를 제거하게 만들 수작이었겠지."

"그리고 우리는 어이없게 함정에 빠지고 말았고."

"그래…. 그것이 그의 오산이었어. 우리는 그곳에서 평의장과 만나 그를 풀어주었고 어떻게 그 사실을 알게 된 타림은 진실이 만천하에 드러날까 봐 두려워서 증인인 우리와 룬 브레이커가 사라진 데이미아를 한꺼번에 '처리'하기로 한 거야."

"그럼 할시폼도 위험하잖아!"

"아니, 그를 죽이지 않고 봉인하기만 한 데는 분명 나름대로 이유가 있을 거야. 그렇다면 상황이 변했다고 해도 금방 목숨이 위험해질 거라곤 생각하기 힘들어. 그보다… 문제는 란츠야."

아직도 그의 모습은 보이지 않았다. 우리보다 이 마을 지리에 밝으니 지름길이나 뒷길을 이용하고 있을지도 모른다.

"그는 아직 타림이 배후라는 사실을 몰라. 만약 그런 상태로 타림에게 돌아가서 지금까지의 경위를 설명이라도 해봐! 타림에게 있어서 그는 이미 이용 가치가 없는 인물이고, 사정을 아주 조금이지만 알고 있으니까 그 자리에서 당할 우려는 충분히 있어!"

"그런데…."

"뭐?"

"항상 변하는구나, 너의 그 '날카로운 추리'라는 것은."

우당탕!

무심코 발을 헛디딘 나는 요란하게 쓰러졌고….

콰직!

"쿠에엑!"

밟고 가지 마, 가우리!

얼굴을 들자 그는 조금 앞쪽에서 머리를 긁으면서 달렸다.

"아, 미안해. 달리던 기세로 그만…."

"'그만'이 아니야!"

나는 일어나서 다시 달리기 시작했다.

"상황이 바뀌면 당연히 거기서 도출되는 결과도 바뀌기 마련이야! 그리고 이건 '추리'가 아니라 아직 '추론' 단계라고!"

달리면서 고개를 갸웃거리는 가우리.

"뭐가 다른지 모르겠지만… 어쨌거나 모든 것은 타림의 저택에 가면 알게 된다는 거지?"

"그래! 서두르자!"

묘하게 불길한 예감을 느끼고 나는 어둠에 잠겨 있는 길을 달렸다. 아트라스 시티의 밤은 이제 시작되었을 뿐이다.

"아…."

나는 그 자리에서 말을 잃고 경직되었다.

그리고 가우리도 역시.

현관문을 열자….

타림의 저택은 이미 묘지로 변한 뒤였다.

숨 막히는 피 냄새. 그야말로 '바다'라고밖에 표현할 수 없는 피 웅덩이 속에 쓰러져 있는 용병들. 치밀어 오르는 구토감에 무심코 입을 막았다. 온갖 일을 다 겪어왔지만 이 강렬한 피 냄새만은 도무지 익숙해지지 않았다.

애당초 이것을 '좋은 냄새'라고 생각하게 된다면 꽤 위험하겠지만. 타림이 고용한 용병들이었다. 그중에는 지난밤에 습격해 온 인조인간 거한들도 드문드문 쓰러져 있었다.

설마… 이용 가치가 없어져서… 학살…?

"란츠는?"

가우리의 말에 나는 상념에서 벗어났다.

"안으로 가보자!"

그렇게 말하고 발길을 옮겼다. 부츠가 진흙을 밟는 듯한 기분 나쁜 소리를 냈다.

복도를 돌아 열려 있는 로비 문 쪽으로 들어가서….

그곳에서 발길을 멈추었다.

나뒹구는 가재도구와 용병들의 시체 속에 그가 쓰러져 있었다.

아직 숨은 붙어 있는 듯 배를 움켜쥐고서 작게 신음하고 있다.

그리고… 그 옆에 서 있는 것은….

피로 물든 검을 든 로드였다….

그는 눈길을 이쪽으로 돌렸다.

"이제 겨우 싸울 수 있겠군."

가우리에게 한 소리라는 것은 금방 알 수 있었다.

"어떻게 된 거야? 이건…."

나는 떨리는 목소리로 물었다.

"같은 편에 있으면 너와 싸울 수 없으니까."

그렇게 말하고 그는 칼을 한번 휘둘러서 묻어 있는 핏방울을 떨어냈다. 벽에 있는 촛대에 걸린 '라이팅'의 빛을 반사하여 연자색으로 빛나는 칼날.

"그렇군. 그래서…."

가우리가 말했다. 그 말속에는 조용한 분노의 감정이 있었다.

"그래서 나는 타림을 떠나 할시폼 쪽에 붙었지."

뭐…?!

나는 눈을 크게 떴다.

그… 그럼 이렇게 만든 것은? 하지만 그렇다면….

왜?!

"그렇군. 훌륭한 태도야. 검의 길을 추구하기 위해선 무슨 짓을 해도 좋다는 거로군."

성큼 앞으로 나서는 가우리. 아직 손은 검에 닿아 있지 않았다.

로드의 시선이 조용히 내 쪽으로 향했다.

"이유가 부족하다면 그 아이도 벨까?"

"그럴 필요 없어."

가우리가 대답했고 나는 무심코 한 걸음 물러섰다.

그가 뿜어낸 '기'에 압도되어.

"리나, 란츠에게 회복 주문을 걸어줘. 그리고…."

나는 고개를 끄덕였다.

"알고 있어. 실수로라도 끼어들지는 않을게."

말하고 나서 나는 란츠의 곁으로 갔다. 로드에게 기습당할지도 모른다는 불안감이 없지는 않았지만 이미 그의 눈에 비치고 있는 것은 가우리 한 사람뿐이었다.

란츠는 상당한 중상이었지만 아직 괜찮은 듯했다. 나는 그의 상처에 가볍게 손을 대고 '리커버리' 주문을 외쳤다.

"여기서 싸울까?"

"장소는 상관없어."

로드는 나지막이 대답했다.

가우리의 손이 칼자루로 이동했다.

한순간 피 냄새조차 잊게 할 만한 긴장감이 로비에 충만했다.

꿀꺽….

나는 작게 침을 삼기고 어느 틈엔가 중단되었던 주문을 다시 외우기 시작했다.

가우리가… 칼을 뽑았다.

로드가 달렸다.

두 줄기의 은빛 광선이 교차했다.

로드의 일격을 튕겨낸 가우리의 검이 상대의 가슴을 향해 미끄러졌다. 로드는 뒤로 물러나서 검을 다시 휘둘렀다. 검의 위치로는 로드가 더 유리했다. 가우리는 황급히 검을 거두고 그 공격을 막으려 했다.

로드의 검이 돌연 그 방향을 바꾸었다. 아래에서 위로 쳐 올리는 로드의 공격을 자신의 검으로 찍어 누르듯 막은 가우리.

그대로 로드의 칼날을 따라 미끄러지듯 검을 쳐 올렸다.

거리는 짧았지만 로드는 가볍게 상체를 뒤로 젖혀 그 공격을 피했다.

두 사람이 떨어졌다.

나의 눈은 간신히 두 사람의 움직임을 포착할 수 있었다.

방금 가우리에게 '참견하지 않겠다'고 했지만 이래선 참견하고 싶어도 할 수 없었다. 잘못 끼어들었다간 가우리를 방해하는 결과가 될 수도 있었다.

다시 두 사람이 달렸다.

로드의 상단 일격을 막는 가우리. 곧바로 칼을 거두어 찌르기로 전환하는 로드.

가우리가 수세로 전환됐다. 계속해서 펼쳐지는 로드의 공격을 간신히 막아내고 있는 듯 보였다.

하지만….

초조한 것은 로드 쪽이었다. 수세에 몰려 있으면서도 가우리의 '기'는 점점 부풀어 오르고 있었다.

아무래도 무언가를 시도할 생각인 듯하다.

로드도 그 점을 알고 있기에 공격을 늦추지 못했다.

그리고….

"핫!"

가우리가 기합 소리를 냈다!

그때 한순간 빈틈이 생겼다. 그 틈을 놓칠 로드가 아니었다.

아니, 어쩌면 이 순간을 노리고 있었을지도 모른다.

하단에서 쳐 올리는 듯한 가우리의 검.

농후한 살기와 함께 로드의 검이 용솟음쳤다.

양쪽 다 서로의 검을 피할 수 있는 자세가 아니었다.

이대로 가면 두 사람 모두 죽는다…!

하지만….

키잉!

날카로운 금속음.

로드의 검은 도중에 그 방향을 바꾸었고 가우리도 당황해서 왼쪽으로 뛰었다.

두 사람은 조용히 대치했다.

로드의 검이 짧아져 있었다.

칼날이 절반쯤 부러져… 아니, 잘라져 있었다.

가우리가 노린 것은 로드가 들고 있는 검이었던 것이다.

로드의 몸을 노렸다면 그는 함께 죽을 각오로 공격했을 것이다. 가우리는 그것을 간파했던 것이다.

하지만 로드 역시 자신의 검이 잘려 나가는 것을 안 순간 더욱 파고들어 칼의 방향을 바꾸었다.

그 칼이 옆으로 피한 가우리를 얕게 베었다.

검을 쥔 가우리의 오른팔 소매 부분에는 피 얼룩이 점차 번지고 있었다.

"아무래도 내 쪽이 좀 불리한 것 같군…."

그렇게 말하고 가우리는 담담한 미소를 지었다.

"처음이군. 전력으로 싸울 수 있는 상대를 만난 것은…."

로드 역시 웃음을 짓고 있었다.

처음으로 그가 보인 미소….

그것은 장소에 걸맞지 않은 충만하고 온화한 미소였다.

"간다."

가우리는 양손으로 검을 쥐고 똑바로 치켜들었다.

로드는 말없이 자세를 낮추고 외날 검을 오른쪽 어깨에 얹는 듯한 자세를 취했다.

가우리가 달렸다.

로드의 몸이 치솟았다. 칼과 칼, 기와 기가 격렬하게 맞부딪쳤고, 두 사람은 튕겨 나가듯 크게 물러났다.

하지만….

가우리의 자세가 무너졌다.

오른팔에 대미지를 입은 만큼 힘에서 밀린 것인지, 아니면 착지할 때 피에 미끄러진 것인지….

로드가 도약했다.

막기에도, 피하기에도 힘든 자세.

가우리는….

바닥을 걷어차면서 그대로 앞쪽으로 쓰러졌다.

머리부터 로드를 향해 돌진하는 형태로.

순간적으로 검을 내리치는 로드!

그 칼은 가우리의 왼쪽 어깨를 깊숙이 베었다.

그랬어야 했다.

검이 본래의 길이였다면. 하지만 익숙한 감각에 의존해 반사적으로 뻗은 검은 아이언 서펀트 숄더 가드를 가볍게 베는 데 그치고 말았다.

파고든 가우리의 일격이 로드의 옆구리를 정확히 베었다.

"강하구나, 너…."

로드는 만족스러운 미소를 지은 채 가우리를, 자신을 벤 전사를 바라보았다.

동경하는 듯한 시선으로.

상처에서 피를 흘리며 우뚝 선 채.

검을 쥔 손이 축 늘어졌다.

"언젠가 다시 한번… 너와 싸워보고 싶군."

그는 아이와 같은 천진한 얼굴로 말했다. 그러나 그 얼굴에는 이미 죽음의 그림자가 짙었다.

"나는 이만 사양하겠어."

매정하게 말하는 가우리. 그의 이마에는 땀방울이 잔뜩 맺혀 있었다.

"그래…? 유감이군."

그의 몸에서 힘이 추욱… 빠졌다.

그는 털썩 무릎을 꿇었다.

그래도 쓰러지지는 않았다.

부러진 자신의 장검에 몸을 의지한 채 검은 전사는 절명했다.

5. 운명을 건 최종전

음.

나는 난감했다.

이번 사건도 슬슬 클라이맥스인데 사건의 윤곽이 아직도 보이지 않는다.

그 뒤….

가우리가 로드와의 사투에 종지부를 찍은 뒤.

우리는 겨우 목숨을 구한 란츠를 가까운 의사에게 데려간 다음, 가우리의 팔에 입은 상처를 마법으로 치료하고 다시 타림의 저택으로 돌아갔다.

바쁜 밤이었다.

나의 '타림 범인설'은 너무도 근거가 약했고, 로드의 '할시폼 쪽에 붙었다'는 말도 마음에 걸렸다. 무언가 사건의 실마리가 될 만한 것이 없나 해서 다시 돌아온 것인데….

타림의 저택에 있는 방 중 한 곳에서 우리는 그것을 발견했다.

"어떻게 된 거야, 리나?"

가우리의 중얼거림에 나는 조용히 고개를 좌우로 저었다.

아무리 나라도 알 리가 만무했다.

어지럽게 부서진 가재도구 속에 그것이 뒹굴고 있었다.

보라색의 로브를 걸친 뚱뚱한 남자의 시체….

아마도… '보라색의 타림'….

왜 '아마도'냐면 대답은 매우 간단하다.

목이 없었던 것이다. 그 시체에는….

"어떻게 된 거야? 이건 대체…."

"모르겠어."

길을 걸으면서 가우리는 몇 번이나 같은 질문을 되풀이했고 나는 그와 같은 횟수의 대답을 되풀이했다.

가설은 세울 수 있다.

우리 앞에서 말은 그렇게 했지만 역시 할시폼 씨는 화가 나서 타림에게 자객을 보냈다.

어쩌면 타림의 집에서 목이 잘린 것은 가짜이고 본인은 아직 멀쩡히 살아 있다.

로드가 할시폼을 운운한 것도 우리를 혼란시키기 위한 수단이다… 등등.

하지만 어느 것 하나 근거가 없었다.

그래서 이렇게 할시폼의 집으로 향하고 있는 것이다.

"할시폼의 집에 간다고 사건이 명확해질까?"

"글쎄…."

나는 모호하게 대답했다.

"글쎄라니?"

"아무것도 모를지도 모르고 전부 알게 될지도 몰라. 이번만은 가보지 않으면 모르겠어."

"애매하군."

"그것을 분명히 하기 위해 가는 거야. 들키지 않고 잠입할 수 있으면 좋겠는데…."

"잠입? 왜 굳이…?"

놀란 얼굴로 묻는 가우리.

나는 머리를 감싸 쥐었다.

"너 말이야, 만약 로드의 말대로 타림의 집에 자객을 보낸 것이 할시폼이라고 해. 그렇다고 현관으로 들어가서 '그건 당신이 한 짓인가요?'라고 물으면 '아, 사실은 그래요.'라고 대답해 줄 거라 생각해?"

"으음, 싹싹한 녀석이었으니 어쩌면…."

말이 되는 소리야, 그게?!

나는 거기에서 대화를 중단했다.

가우리와 이야기하기가 피곤하기도 했지만…

우리 앞에 할시폼의 저택이 그 모습을 드러냈기 때문이다.

정원에 경비는 없었다.

우리는 일단 집 주위를 돌며 들어가기 쉬워 보이는 곳을 물색했다. 잘 손질된 정원이었다.

밤새의 울음소리가 낮게 울려 퍼졌다.

"여긴 어때?"

나는 작은 목소리로 말했다.

지하실의 채광창이었다.

물론 그리 크지는 않았지만 나라면 충분히 들어갈 수 있을 만한 크기였다. 가우리에겐 조금 무리겠지만.

"그럼 잠깐 다녀올게. 무리할 생각은 없고 곧 돌아올 테니까 얌전히 기다려."

그렇게 말하고 윙크를 했다.

"자… 잠깐 기다려!"

당황하는 가우리.

"혼자서 갈 생각이야?"

"혼자 남는 게 무서워?"

"그게 아니라 널 혼자 보내기가 좀…."

"갑자기 드래곤 슬레이브 같은 건 안 쓸게."

나는 팔랑팔랑 손을 흔들었다.

"아니, 그런 의미가 아니고…."

우물거리는 가우리. 아, 혹시….

"혹시 날 걱정해 주는 거야?"

말하자 그는 콧등을 긁으면서 딴 쪽을 바라본다.

"걱정하면 안 돼?"

"나한테 반한 모양이지?"

진지한 얼굴로 말하는 나. 당황하는 그.

"반하긴 무슨! 나는 네 '보호자'라고. 걱정하는 게 당연하잖아."

"말은 그렇게 하면서 쑥스러워하긴, 요 능청꾸러기!"

"으아아, 그만해! 그보다 어째서 여기에 너 혼자 가야 하는 거야?!"

"어째서라니? 나라면 몰라도 넌 이 창으로 못 들어가잖아."

"그렇지도 않아."

그는 유유히 허리에서 검을 뽑았다. 어둠에 번득이는 한 줄기 검의 빛.

키잉!

그리고 조용히 검을 거둔다.

"뭘 한 거야?"

내 물음에 그는 웃으며 창살을 잡더니 가볍게 잡아당겼다.

작은 소리를 내며 창이 주위의 창살과 함께 빠졌다.

그가 베어낸 것이다.

"헤에."

그저 베기만 했다면 창은 창틀째 지하실로 떨어져서 꽤 큰 소리를 냈을 것이다.

죄인을 참수할 때 솜씨 좋은 망나니는 잘라낸 목이 날아가는 것을 막기 위해 가죽 한 장을 남기고 벤다는 이야기를 들었다.

그가 한 것도 아마 그것과 비슷한 수준의 기술일 것이다. 비유가 좀 그렇지만….

"이러면 갑옷을 벗으면 어떻게든 들어갈 수 있겠지?"

그렇게 말하고 그는 작게 미소 지었다.

창으로 들어오는 약한 달빛만이 이곳에 있는 유일한 광원이었다. 눈이 어둠에 익숙해질 때까지 우리는 잠시 움직임을 멈추었다.

섣불리 '라이팅' 같은 것을 쓸 수는 없었다. 발각될 우려가 커지니까.

보통 사람이라면 이미 잠자리에 들었을 시간이지만 만약 타림의 집에 로드를 보낸 것이 할시폼이라면….

로드가 돌아오지 않는데 팔자 좋게 자고 있을 리 없었다.

그렇다곤 해도 이렇게 안 보여선 아무 일도 할 수 없다.

조금씩 눈이 어둠에 익숙해지긴 했지만 "이것은 테이블이겠군." "저것은 서랍장일 것 같아." 정도였다.

이래선 단서고 뭐고 찾기가 불가능하다.

"난처한데."

나는 작은 소리로 투덜거렸다.

"가우리, 어때? 너 눈 좋잖아. 뭐, 이상한 거 안 보여?"

"글쎄…."

그는 난색을 보였다.

"마법 도구 같은 것이 이것저것 있는 것은 알겠지만… 어느 것이 '수상한지' 알 수가 없어."

그렇군. 하긴 그에게 마법의 지식은 없는 거나 다름없으니까…

….

으음….

생각해 보니 웃긴 이야기이다.

나는 주위를 둘러보았다.

가구인지 소품인지가 무수한 그림자가 되어 자리가 좁아 보이게 빼곡하게 들어차 있다.

음…?

그림자의 밀도가 묘하게 옅은 부분을 발견한 나는

발밑을 조심하며 다가갔다.

다른 곳은 바닥에든 물건 위에든 꽤 많은 물건이 놓여 있었는데 그곳만은 달랐다.

벽에는 커다란 태피스트리가 걸려 있었고, 그 앞에 나무 테이블이 하나 놓여 있었지만 테이블 위와 아래에는 아무것도 놓여 있지 않았다.

앞이 잘 보였다면 주위의 잡동사니들에 현혹되어 놓쳤을 것이다. 전화위복인 셈이다.

어째서 이곳만이 이렇게 되어 있는 걸까? 대답은 둘 중 하나.

최근 정리했거나, 아니면….

빈번히 쓰고 있거나.

나는 가능한 한 조용히 테이블을 치우고 천천히 벽에서 태피스트리를 거둬냈다.

손으로 벽을 쓰다듬듯 더듬어본다. 손끝에 무언가 걸리는 감촉.

더듬어보니 문의 형태를 취하고 있었다.

한 번에 당첨!

이것도 다 평소 내 행실이 바른 덕분이리라.

하지만 이 숨겨진 문 안에 있는 것이 정말 이번 사건에 직접 관계가 있는지 어떤지는 아직 확실치 않다.

마법사의 집에 이러한 숨겨진 방이 있는 것은 결코 드문 일이 아닌 것이다.

이건 마법사들의 치부를 드러내는 것이라 그다지 이야기하고 싶지는 않지만….

마법사는 대개 무언가 연구를 하고 있다. 가령 타림이라면 주문 언어의 연구(어디까지나 자신의 주장), 할시폼은 생명의 연구. 하지만 나쁜 녀석은 어디에나 있는 법이어서 한때는 타인의 연구를 훔쳐 자신의 것으로 삼는 어리석은 마법사도 꽤 많았다.

그래서 그러한 것을 막기 위해 마법사들은 자신의 집에 숨겨진 방을 만들고 그 안에서 몰래 연구를 하게 되었다.

이 문 안에도 그러한 연구 시설이 있을 뿐인지도 모른다.

하지만 어찌 됐든 실제로 안을 보지 않고선 뭐라고 할 수 없다.

"가우리, 이쪽이야!"

나는 그를 불렀다. 대낮에 큰길을 활보하는 듯한 걸음걸이로 그는 이쪽으로 다가왔다. 역시 어둠 속에서도 어느 정도 보이는 모양이다.

"아무래도… 이 벽이 비밀 문으로 쓰이고 있는 것 같아. 개폐 장치가 있을 텐데 너무 어두워서 찾기 어려워. 그래서 이곳을 아까처럼 잘라버렸으면 좋겠는데….”

“이봐, 이봐, 이봐, 이봐!”

“쉿, 목소리가 커!”

“아, 미안해. 그런데 아무리 그래도 그건 좀 과격하지 않아? 타림에게 로드를 보낸 것이 할시폼이라는 증거도 없잖아.”

“그렇긴 하지만… 그것을 확인하기 위해 이곳에 온 거고, 이 안이 수상한 것도 사실이야. 만약 아무것도 없다면 나중에 사과하면 분명 이해해 줄 거야.”

“그럴까?”

“어 쨌 거 나! 여기서 이렇게 멍하니 있어봤자 아무런 해결도 안 되는 것은 분명하다고!”

“뭐, 그건 그렇지만…. 별수 없군.”

그는 한숨을 한 번 쉬더니 허리에서 검을 뽑았다.

“조금 물러나 있어.”

“아, 잠깐만.”

나는 그를 제지하고 주문을 외쳤다.

공기가 우리 주변에서 그 흐름을 바꾸었다.

‘레이 윙’ 등에 사용하는 바람의 결계를 조금 강화한 주문이었다.

이 결계 안에서는 어지간한 크기가 아니면 소리가 바깥에 전해지지 않는다.

식기가 놓인 테이블을 뒤집는다고 해도 밖에 있는 사람에겐 "무슨 소리가 난 것 같긴 한데…." 정도로밖에 들리지 않을 것이다.

"자, 됐어."

내 말에 그는 말없이 고개를 끄덕이고 검을 번득였다.

잠깐의 사이를 주고 잘려나간 벽이 안쪽을 향해 쓰러졌다.

쿠웅!

꽤 큰 소리가 났다. 하지만 결계 밖에서는 거의 들리지 않을 것이다. 하물며 이곳은 지하실. 방금 베어낸 문 반대편에 누군가가 있다면 몰라도 그렇지 않다면 들킬 염려는 전혀 없는 것과 마찬가지였다.

"호오…."

"헤에…."

나와 가우리는 동시에 감탄의 목소리를 냈다.

벽 저편에는 긴 복도가 이어져 있었다.

천장과 바닥은 옅은 빛을 내고 있었다. 동굴 등에 흔한 반짝이끼류를 심어놓은 줄 알았는데 자세히 보니 그렇지도 않았다.

돌 같은 것으로 만든 벽 자체가 은은한 빛을 내고 있었다. 흙벽속에 반짝이끼의 농축액을 넣어서 만들었다고나 할까.

나는 일단 떼어낸 태피스트리로 밖에서 이 입구를 가렸다.

길은 생각보다 훨씬 길었다.

우리는 발소리를 죽인 채 복도를 나아갔다.

이 안에 할시폼이 있을 가능성도 없지는 않았기 때문이다.

통로는 외길이었다. 조금 걸어 모퉁이를 돈 다음 다시 꾸준히 걸었다.

두 번째 모퉁이를 돌아 조금 더 걷자 길은 끝났다.

막다른 길의 오른쪽에는 좌우 여닫이문이 하나.

열쇠로 잠겨 있지는 않은 듯했다.

안에 사람의 기척은 없었다.

"연다."

손잡이에 손을 대고 가우리가 말했다. 나는 말없이 고개를 끄덕였다.

그는 주저 없이 문을 좌우로 활짝 열었다.

"아…!"

두 사람은 그 자리에서 경직했다.

넓었다. 광대하다고 해도 좋을 정도의 방이었다.

데이미아 저택의 '결계의 방'도 꽤 넓었는데 이곳에는 그것조차 뛰어넘는 공간이 있었다.

실내에는 천장 부근까지 크고 작은 여러 가지 크리스털 수조와 온갖 종류의 마법 실험 기재가 빼곡하게 들어차 있었다.

하지만 우리가 놀란 것은 그 크기와 설비 때문이 아니었다.

가까운 곳에 늘어서 있는 커다란 수조 안….

몸에 무수한 가시가 돋아 있고 보라색의 비늘로 덮인 늑대….

대머리에 완전히 똑같은 얼굴의 거한들….

5. 운명을 건 최종전 | 173

그것들이 '생명의 물(생명 활동에 필요한 성분이 포함된 배양액)' 속에 몸을 웅크린 채 조용히 잠들어 있었다.

타림의 집을 야습했을 때 세이그람이 이끌던 인조인간 부대였다.

"어… 어째서 이 녀석들이 이런 곳에…?"

"나한테 묻지 마."

우리는 늘어서 있는 수조에 시선을 고정한 채 빨려들 듯 방 안쪽으로 향했다.

그곳은 흡사 키메라들의 전시장 같았다.

날개 달린 독사, 벌레 같은 다리를 가진 육식어, 심지어는 용과 트롤의 혼혈 같은, 위험하기 그지없는 것까지 갖추어져 있었다.

공통적인 것은….

모두 전투용 키메라라는 점.

데이미아의 집에서 본 상식을 초월할 키메라들도 오싹했지만 여기에는 그 이상의 악의가 소용돌이치고 있었다.

하지만….

이렇게 여기에 있는 이상, 이것들을 만들어낸 것은 다름 아닌 할시폼 본인일 것이다. 다른 사람이 이만한 물건을 이곳에 옮겨놨을 거라곤 생각하기 힘드니까.

그렇다면 타림의 저택을 두 번에 걸쳐 인조인간 병사들로 휘저어 놓은 것은 다름 아닌 할시폼인 셈이 되는데….

다시 이야기의 구도가 복잡하게 얽혔다.

대체 무엇이 어떻게 된 건지….

"오오, 아가씨가 아닌가."

갑자기 뒤쪽에서 희미한 목소리가 들렸다. 곧바로 나는 그쪽을 돌아보았다.

사람은 없었다.

"어째서 이런 곳에 있는 거지?"

희미하긴 해도 들은 적 있는 목소리.

나는… 목소리의 주인을 발견했다.

처음엔 그것이 대체 무엇인지 머리로 이해하는 데 약간의 시간이 필요했다.

그리고….

나는 바닥에 주저앉고 말았다.

"왜 그래? 리…."

가우리도 내 시선이 향하는 곳을 바라보고 역시 말문이 막혔다.

"뭐, 놀라는 것도 무리는 아니겠지."

그것은 말했다.

조금 큼직한 어항 정도의 수조였다. 어항 가득 '생명의 물'이 채워져 있었고 어디선가 뻗어 나온 여러 개의 튜브가 그 안에 있는 것과 이어져 있었다.

아직 살아 있는 '보라색의 타림'의 머리와….

"타… 타…."

나는 주저앉은 상태에서 간신히 떨리는 목소리를 짜냈다. 결국 말을 잇지는 못했지만.

목은 왠지 동체에 붙어 있을 때보다도 더욱 능숙하게 윙크를 해 보였다.

"그래. 틀림없는 나라네. 겉모습은 상당히 바뀌고 말았지만 틀림없는 '보라색의 타림' 본인이야."

"하… 하…."

가우리 역시 말이 되지 않는 소리를 냈다.

"하…? 아, 그런데 어쩌다 이렇게 되었느냐고? 즉 사정을 잘 모르겠다는 것 아닌가?"

끄덕끄덕 고개를 끄덕이는 가우리.

대체 어쩌다 이렇게 된 건지는 모르겠지만, 어째서 이 사람은 이렇게 되었는데도 예전과 다름없이 말할 수 있는 걸까?

"그렇군. 어디서부터 이야기할까…."

'목'은 수조 속에서 먼 곳을 보는 듯한 눈을 했다.

"내가 아가씨를 믿지 못하고 사실을 설명하지 않은 게… 애당초 큰 잘못이었네.

할시폼을 데이미아의 결계에서 해방했을 때 녀석에게서 들었겠지? 나와 데이미아가 둘이서 녀석을 속여 봉인했다는 이야기를 …."

"녀석… 이라면… 할시폼 평의장?"

겨우 마음을 진정하고 나는 입을 열었다. 목소리는 아직 떨리고

있었다.

가우리는 아직 경직된 상태였다.

잠시 침묵이 흘렀다. 아무래도 '목'은 끄덕거리려고 하는 듯했
다.

"음… 그 이야기 자체는 사실이네. 하지만 평의장이 방해가 된
다면 어째서 단숨에 죽이지 않았을까, 그렇게 생각하진 않았나?"

"생각은 했지만… '어째서 당신을 죽이지 않았을까요?'라고 묻
는 것은….''

"하긴 본인에게 그런 질문은 할 수 없겠지. 사실 죽이지 않은 게
아니라 죽일 수 없었네, 녀석을."

그것은 대체… 무슨…?

내 안색을 보고 그는 말을 이었다.

"언젠가… 아가씨가 내게 물은 적이 있었지, 할시폼이 무슨 연
구를 하고 있는지. 그때 나는 모호하게 '생명의 연구'라고 꾸며댔
지만… 녀석이 하고 있던 것은 '불사의 연구'였네."

으으….

나는 작게 신음하고 말았다.

"그럼… 불사의 연구를 하고 있던 것은 데이미아가 아니라 할
시폼이었나요?"

내가 질문했다.

"아니, 데이미아 녀석도 '불사의 연구'는 하고 있었지. 사실 데

이미아 따위를 부평의장으로 추대한 것은 다름 아닌 할시폼이었네. 아마 자신의 연구를 도와준다면 부평의장으로 만들어주겠다는 뒷거래를 했겠지. 데이미아의 강력한 마력과 보통 사람과는 다른 발상이 어쩌면 뭔가 실마리를 끌어낼지 모른다고 생각했을 거야.

하지만 의도와는 달리 데이미아 녀석은 아무짝에도 쓸모없는 기분 나쁜 키메라를 만드는 데 열을 내서 전혀 성과를 올리지 못했지. 그래서 두 사람은 점점 서로를 탐탁지 않게 생각하게 된 것 같아. 그런 때였지. 내가 할시폼의 연구를 알게 된 것은."

"그의… 연구?"

"그래. 겉으로는 수명 연장, 건강 유지의 연구라고 말했지.

그런데 어느 날 한 마법사가 찾아와서… 할시폼의 연구 성과를 훔치기 위해 저택에 잠입했다가 그곳에서 터무니없는 것을 보았다고 하는 거야.

즉… 녀석이 하고 있던 것은 건강법 따위의 발견이 아니라 '영원한 생명'의 연구였다고 말이지.

할시폼은 몇백 년 전 불사의 연구가 절정일 때 쓰였던 서적을 어찌어찌 손에 넣어, 거기에 쓰여 있는 여러 가지 것들을 자기 나름대로 연구 및 실험하고 있었던 모양이야."

"실험…이라면…?"

그는 잠시 눈을 감고 말했다.

"그 무렵 마을에선 묘한 실종 사건이 연이어 일어났지."

뭐?!

"알겠지? 그 말을 듣고 내가 무엇을 연상했는지."

나는 고개를 끄덕였다.

"무슨 소리야? 대체…."

가우리가 물었다.

"쉽게 말해…."

나는 수조에 잠긴 목에서 눈을 떼지 않은 채 말했다.

"할시폼이 마을 사람들을 납치해서 불사의 연구를 위한 실험에 쓰지 않았을까 했던 거야."

"뭐라고오오?!"

"쉿, 목소리가 커! 여기는 할시폼의 집이라고."

"아… 응…."

"그래서? 사실은 확인했겠죠?"

나는 다음 말을 재촉했다.

"물론이네. 그의 이야기로는 여러 인간이 실험 재료로 쓰이고 있었다는데, 그 이야기만으론 그게 실종된 주민인지, 아니면 실험을 위해 만들어낸 인조인간인지 알 수 없었지. 그래서 나는 녀석의 저택에 밀정을 보냈네."

주민이라면 곤란하지만 인조인간이라면 인체 실험의 도구로 삼아도 좋다는 사고방식에는 찬성할 수 없었다. 하지만 여기서 토론회를 열고 있을 여유는 없었다. 나는 일단 묵묵히 이야기를 듣기로 했다.

"결과는…."

그는 수조 안에서 잠시 눈을 감고 마음을 굳힌 듯 입을 열었다.

"생각했던 대로였어."

나는 숨을 삼켰다.

"아니… 어쩌면 그 이상으로 나쁜 것이었지. 그때 이미 녀석은 '일시적인 불사'를 손에 넣었으니까."

"일시적인… 불사?"

식은땀이 등을 타고 흘러내렸다.

설마….

뇌리에 세이그람의 하얀 가면이 스쳤다.

"마족과의… 계약…."

타림의 표정이 나의 추측을 긍정하고 있었다.

일찍이….

마족과 '불사'의 계약을 맺은 마법사가 몇 사람 있었다.

대략적인 기록밖에 남아 있지 않아서 확실한 것은 알 수 없지만, 완전한 불사가 아니라 어디까지나 일시적인 것이었다.

마족과 불사의 계약을 맺은 자는 자신의 혼을 '계약의 돌'이라는 것이 봉인했다고 한다.

일시적인 불사를 얻은 자는 베든 찌르든 죽지 않고 계약을 맺었을 때의 젊음을 유치한 채 살았다고 한다.

계약의 돌이 깨지거나 계약을 맺은 마족이 죽어야만 불사가 소멸한다고 한다.

그래서….

세이그람은 우리와의 싸움을 피했던 것이다.

"그것을 알게 되자… 나는 일찍이 '영원한 생명의 탐구'가 전성기를 이루던 시절의 자료를 조사하여 녀석을 쓰러뜨릴 방법을 찾았다네. 물론 평의회나 리트한 공과 협의하는 방법도 있었지만, 그래 봤자 놈을 막을 방법이 없으면 이야기가 되지 않았거든.

녀석을 해치울 수 있는 방법은 결코 많지 않았지."

"마족을 쓰러뜨리거나 '계약의 돌'을 깨뜨리는 것이겠죠."

"호오…."

그는 그리 크지 않은 눈을 크게 떴다.

"잘 알고 있군. 그리고 또 하나의 방법이 있는데…."

또 하나의 방법?

그런 게 있었나?

"계약을 맺은 마족보다 고위의 마족에 의한 간섭이 있을 경우, 즉 이 세계의 모든 '어둠'을 관장하는 '루비 아이(붉은 눈의 마왕)'의 힘을 빌린 주문, 즉 드래곤 슬레이브를 사용하면 할시폼을 해치우는 것도 가능할지 모른다는 것이지."

"드… 드래곤 슬레이브… 말은 쉽지만요."

드래곤 슬레이브, 흑마법 중 최대의 공격력을 가진, 즉 이 세계에서 최강이라 불리는 술법이다. 하지만….

목은 나를 날카롭게 바라보았다.

"쓸 수 있겠지? 리나 인버스, 자네라면."

"쓸 수는 있지만 이런 마을 한복판에서 쓰게 되면…."

"알고 있네."

목은 깊은 한숨(?)을 쉬었다.

"이 저택만 날려버릴 수는 없겠지. 나도 한 번 본 적이 있지만 그건 너무 강력해. 잘못하면 이 마을 절반 가까이가 궤멸되겠지. 하지만 아가씨, 녀석의 목적이 단순히 영원한 생명을 추구하는 것이라곤 생각되지 않네. 하지만 무엇을 노리고 있든지 무슨 일이 있어도 막아야만 하는 것은 확실해."

꿀꺽.

나는 작게 숨을 삼켰다.

"하… 하지만 '계약의 돌'만 찾아내서 깨뜨리면 굳이 그런 위험한 수단에 호소하지 않아도 되잖아요?"

"음… 그건 그렇지. 그건 그렇지만, '돌'을 찾아낼 수 있을지가 문제야.

애당초 그 '돌'이라는 것이 어떤 모양을 하고 있는지조차 모르니 말이네.

그 때문에 결국 그 무렵 할시폼과 사이가 안 좋아진 데이미아에게 평의장 자리를 미끼로 바람을 넣어서 할시폼을 봉인하는 것에 그쳤던 거지."

"그런데 우리가 해방한 거군요. 할시폼에게 속아서…."

나는 입술을 깨물었다.

이제야 사건의 구도가 보였던 것이다.

할시폼은 어떤 방법, 아마도 '사념파'로 세이그람과 연락을 취해 자신을 결계 안에서 해방할 수 있는 힘과 가능성을 가진 인간을 찾게 했을 것이다.

그리고… 그 적임자로 우리가 뽑힌 것이다.

사건에 관여할 생각이 없다고 판단한 마족들은 일부러 '이 사건에 관여하지 말라'고 '경고'하여 우리의 호기심과 승부욕을 자극했다.

그 뒤엔 세이그람을 이용해 우리를 데이미아의 집으로 안내했고….

우리가 데이미아를 해치우면 '사념파'로 우리에게 말을 걸어서 결계를 깨뜨리게 할 생각이었을 것이다.

하지만 어찌 됐든 결과적으로 우리가 할시폼의 꾀에 넘어가서 그를 해방하고 말았다는 사실에는 변함없다.

"녀석은 자유를 찾자마자 로드를 포섭하고 인조인간 암살자들을 데려와서 내 집을 습격했지. 녀석은 웃으면서 말하더군. "당신에게 신세를 진 답례로 어떤 실험에 참여시켜 드리죠."라고. 그 뒤 나는 목이 잘렸고 정신이 들자 이렇게 살지도 죽지도 못하는 꼴이 되었다네. 아마 데이미아 녀석도 비슷한 꼴을 당했겠지."

주벌으로 고깃덩어리가 된 데이미아의 모습이 뇌리에 떠올랐다.

"하지만… 마음에 둘 것은 없네."

마음에 안 두는 게 이상한 법이야. 아무리 그래도….

"녀석의 꾀에 넘어간 것은 다들 똑같으니까. 데이미아도 나도 지금까지 뒤에서 조종하고 있는 인물이 할시폼이라는 사실은 몰랐어.

그래서 나는 자네들의 실력을 알면서도 평의회의 체면이 손상될 것을 겁내어 사실을 밝히려고 하지 않았지. 그것이 근본적인 잘못이었어. 하지만 내 힘으로는 불가능해도 아가씨라면 녀석을 쓰러뜨릴 수 있을 것 같다는 생각이 든다네."

나는 결연하게 고개를 끄덕였다.

"해치울게요, 반드시."

"그래…. 지금의 나로선 조언밖에 할 수 없지만… 조심해서 다녀오게. 아, 깜빡할 뻔했는데 이 방을 나가기 전에 내 소원을 하나만 들어주지 않겠나?"

"예. 저희가 할 수 있는 일이라면 뭐든지요."

"수조에 연결된, 이 지긋지긋한 튜브를 좀 뽑아주게."

"?!"

나는 할 말을 잃었다.

그의 불안정한 목숨을 간신히 이어주고 있는 것은 그 여러 색깔의 튜브 다발이었다. 물론 그 사실은 그도 잘 알고 있을 것이다.

즉.

그는 이렇게 말하고 있는 것이다.

자신을 죽여달라고.

"모…."

나는 떨리는 목소리로 말했다.

"못 해요, 그런 짓은…."

"부탁이네, 아가씨."

라고 말하는 타림.

"하지만…!"

"분명 난 지금 이야기도 할 수 있고 생각도 할 수 있네. 하지만 숨을 쉬는 대신 물을 마시고, 물을 진동시켜 말하는 것은 꽤 고통스러운 일이야. 그리고 이래선 내가 좋아하는 잎궐련도 피울 수 없고 맛있는 것도 먹을 수 없다네.

이런 삶 따위가 무슨 의미가 있겠나.

'보라색의 타림'은 이미 죽었어."

"그래도… 그래도 아직…."

아직 당신은 살아 있다.

그렇게 말하려던 순간….

등 뒤에서 살기가 일었다.

타림 씨가 눈을 크게 치떴다.

"피하게, 아가씨!"

가우리가 옆에서 내 팔을 잡아당겼다.

강압적인 파괴력을 가진 강풍이 옆쪽에서 불어닥쳤다.

좀 전까지 내가 서 있던 공간이다.

그것은 미처 다 이동하지 못한 내 망토를 찢어발겼고….

타림 씨의 수조를 산산조각으로 부수었다.

"!"

말문이 막혀서 소리도 지를 수 없었다.

"아아, 빗나가고 말았군요. 핫핫핫… 그 남자가 없었다면 명중했을 텐데요."

뒤쪽에서 분위기에 안 어울리는 활달한 목소리가 났다.

나는 느릿느릿 돌아보았다.

백색의 할시폼.

평의장 나리는 전에 봤을 때와 다름없는 미소를 지은 채 조용히 그곳에 서 있었다.

눈동자 속에 무한한 악의와 광기를 담은 채….

"이런, 이런…. 그런 무서운 얼굴로 보지 마세요. 나는 그저 당신을 고통 없이 죽여주려고 생각했을 뿐이니까. 뭐, 결과적으로 시험용 표본을 하나 없애버리고 말았지만."

"표본…이라고?!"

나는 떨리는 목소리로 말하고 한 발 앞으로 나섰다.

옆에 있는 가우리도 어느 틈엔가 '빛의 검'을 뽑은 상태였다.

"어…, 마음에 안 들었나요? 그 말 많은 목을 표본이라고 부른 게."

"그래. 마음에 안 들어."

"그렇습니까? 하지만…."

할시폼은 눈을 가늘게 떴다. 입가에 떠오르는 미소.

"그렇다고 해서 당신이 뭘 할 수 있나요?"

이 자식!

나는 바닥을 박차고 주문을 외웠다.

"플레어 애로!"

십여 발의 불타는 화살이 할시폼을 향해 날아갔다.

그는 움직이지 않았다!

명중!

적어도 몇 발은 그의 몸에 제대로 박혔을 것이다.

그 옆쪽을 나는 달렸고 반대쪽을 가우리가 달렸다.

스치면서 '빛의 검'이 번득였다.

그것은 정확하게 할시폼의 몸을 베었다.

그대로 우리 둘은 뒤도 돌아보지 않고 통로로 달려나갔다.

뒤쪽에서 살기가 쫓아왔다.

"빌어먹을! 정말로 안 죽는데, 저 녀석?!"

가우리가 외쳤다.

상대가 계약의 돌을 부수지 않는 한, 죽지 않는다는 것은 애당초 각오하고 있었다.

각오는 하고 있었지만 역시 실제로 상대하니….

뒤에서 희미하게 주문을 외우는 소리가 들려왔다.

주문의 박자로 보건대….

나는 황급히 대항 주문을 외우고

힐끔 뒤쪽을 돌아보았다.

왔다! 생각한 대로 '플레어 애로'. 눈에는 눈, 이에는 이라는 생각인가?

나는 왼손을 크게 뒤쪽으로 내밀었다.

"모스 바림[誘蛾彈]!"

내가 쏜 하얗게 빛나는 빛의 구슬은 불규칙한 궤도를 그리며 할시폼의 '플레어 애로'를 하나하나 격추했다.

"아니?!"

놀라 멈춰 서는 할시폼.

이 기술은 예전에 어떤 사람에게 배운 건데, 화재 진압용의 마법에 약간의 기교를 더한 것이다. 하지만 파이어볼이나 플레어 애로 같은 '불' 계열의 흔한 공격 주문이라면 상당한 효과가 있다.

그 기회를 놓치지 않고 단숨에 통로를 빠져나가는 두 사람.

지하실에 도착하자마자 '댐 브라스' 2연발로 통로의 출구를 무너뜨렸다. 이걸로 상당한 시간을 벌 수 있을 것이다.

도망치는 덴 충분한 시간이 있었다.

하지만 목적하는 돌을 찾기에는 결코 충분한 시간이라고 할 수 없었다.

애당초 그것이 대체 어떤 모양인지조차 알 수 없었던 것이다.

그렇기는 해도 마법의 산물이니 마법적인 특징이 있을 텐데….

하지만 너무나도 단서가 적었다.

찾아내기란 불가능에 가까울 것이다.

그렇다고 느긋하게 퇴각할 수도 없었다.

여기서 할시폼에게 시간을 주면 그야말로 돌이킬 수 없는 사태가 될 테니까.

"일단 지하실에서 나가자!"

"여기는 안 찾을 거야?!"

"여기엔 없어!"

묻는 가우리에게 단언하고 계단으로 달렸다.

소중한 것을 이런 곳에 숨겨두는 것은 의표를 찌를 수는 있겠지만 그 물건은 자신의 목숨이었다. 이런 곳에 놓아둔다면 언제 실수로 분실하거나 망가지지 않을까 하는 걱정 때문에 두 발 뻗고 잘 수 없을 것이다.

그렇다고 정직하게 잠금장치가 달린 금고나 서랍장 같은 곳에 소중하게 보관하고 있을 것 같진 않았다.

그렇다면 어디에…?

말할 것도 없었다.

찾으면서 생각하자.

이렇게 된 바에는 몰래고 뭐고 나는 '라이팅'을 천장 부근에 띄우고 계단을 올라갔다. 조금 뒤에서 가우리가 뒤따랐다.

우리의 눈앞에서 지하실 문이 갑자기 열렸다.

문을 연 것은 빨간 머리의 여성.

"좋았어!"

나는 소리를 지르면서 다짜고짜 루비아의 멱살을 잡았다.

그리고 막무가내로 벽에 밀어붙였다.

"자, 가르쳐주실까?"

내 말에 그녀는 조금 겁먹은 표정을 지었다.

아무래도 난 꽤 살기등등한 표정이었던 것 같다.

그녀는 지하실에서 난 큰 소리를 듣고 달려왔을 것이다.

"평의장의 소중하고 소중한 '계약의 돌'은 어디에 있지?"

"좀 진정해, 리나."

충고하는 가우리를 무시하고 나는 똑바로 그녀를 노려보았다.

그 눈동자에 깊은 슬픔의 빛이 깃들었다. 어…?

그녀를 붙들고 있던 손에 힘이 빠졌다.

"그것만 있으면…."

루비아는 조용한 목소리로 말했다.

"그 돌만 있으면… 그 사람을, 할시폼 님을 막을 수 있는 건가요?"

"무슨… 소리야? '막을 수 있다'니…."

나는 멱살을 잡고 있던 손을 놓았다.

"전…."

그녀는 말했다.

"전 그 사람이 하는 일을 알고 있었어요. 그래서 몇 번이고 그만두라고 설득했지요.

하지만… 역시…."

입술을 깨물고 그녀는 고개를 숙였다.

역시 그녀도 할시폼을 막을 수 없었던 것이다.

그래서 나에게 말한 것이다.

이 사건에 관여하지 말라고.

타림 씨와 데이미아에게 봉인된 할시폼이 두 번 다시 해방되지 않도록.

"누군가에게… 그래, 가령 리트한 공과 의논해 볼 생각은 안 해 봤어?"

그렇게 말하는 가우리.

"너 말이야…."

나는 한숨을 쉬면서 말했다.

"그녀는 말할 수 없었을 거야. 누구와 이 일을 의논하는 것은 쉬워. 그 누군가가 할시폼이 하고 있는 일을 폭로하고 규탄하는 것도 간단해. 하지만 만약 그 일을 계기로 할시폼이 본색을 드러낸다면 그를 막을 수 있는 사람은 한 명도 존재하지 않아. 맞지?"

루비아는 고개를 끄덕였다.

나는 그 어깨에 손을 얹고 정면으로 그 눈동자를 들여다보았다.

"하지만… 잘 들어. 우리가 할시폼을 막는다는 것은 그를 죽이는… 일이야."

다시 그녀는 고개를 끄덕였다.

"알고… 있어요."

으으… 왠지 비장하다! 에잇, 나까지 침울해질 수는 없지!

"좋아. 그럼 이야기는 결정됐어. 그래서 '계약의 돌' 말인데…."

"그 돌인지는 잘 모르겠지만 그 사람이 예전에 점쟁이나 쓸 것 같은 수정구 크기의…."

쿠웅!

그녀의 말을 가로막듯 흐릿한 굉음이 울렸다.

지하실에서였다.

설마… 벌써 돌파한 건가?!

"어쨌거나 그곳으로 안내해!"

"알았어요!"

그렇게 말하고 그녀는 달리기 시작했다.

통로를 달리는 우리의 등 뒤로 이상한 살기가 바짝 따라왔다.

그것도 왠지 여러 개가.

나는 힐끔 돌아보고….

허어어어어어억!

눈에 익은 거한 인조인간을 비롯한 다양한 키메라들이 우리의 뒤를 쫓고 있었다. 다들 그 실험실에서 본 녀석들.

할시퐁은 통로가 막혔다는 것을 알게 되자 실험실로 돌아가서 키메라들을 수조 안에서 해방하고 막힌 통로를 뚫게 했을 것이다.

이대로는 따라잡히는 것도 시간문제였다.

그렇게 되면 통로의 폭이 넓은 만큼 완전히 중과부적이다.

에잇!

나는 빙글 돌아서 오른손 손바닥을 복도 벽에 갖다 댔다.

"반 레일!"

오른손을 기점으로 십여 개의 얼음 실이 나선을 그리며 벽과 바닥, 천장으로 뻗어갔다.

통로의 안쪽, 다가오는 키메라 군단을 향해.

닿자마자 얼음 실은 키메라들의 다리에 달라붙어 휘감겼다.

순식간에 여러 개의 얼음 조각이 만들어졌다. 그 조각들은 뒤에 오는 키메라들을 가로막는 장애물이 될 터.

의리 있게 기다려준 가우리, 루비아와 함께 나는 다시 달렸다.

"그런데…."

나는 혼잣말처럼 말했다.

"대체 무슨 생각으로 그런 영문 모를 키메라들을 만든 거지?"

"실험의 일환이라고 하더군요."

루비아가 대답했다.

"생명력이 강한 것끼리 합쳐보고 싶었던 모양이에요."

그렇군.

그것이 저렇게 전투에 적합한 키메라를 만들어낸 결과가 되었을 것이다.

처음부터 끝까지 성가시게 만드는 녀석이야, 정말.

"이쪽이에요!"

루비아는 2층으로 오르는 계단을 가리켰다.

나는 계단을 올랐다. 그때….

큰 날갯소리가 났다.

등 뒤에서 느껴지는 살기에 돌아보지 않고 즉시 몸을 낮췄다.

부웅, 하는 낮은 소리가 머리 위를 아슬아슬하게 스쳤다.

피했다….

그렇게 생각한 순간 무거운 것이 내 등을 찍어 눌렀다.

퍼억!

나는 그대로 쓰러져 계단 모서리에 정면으로 얼굴을 찍었다.

아… 아프다….

하지만 지금은 훌쩍거리고 있을 때가 아니었다. 황급히 몸을 일으켰다.

그것은 계단 꼭대기에 내려섰다.

레서 데몬을 보다 흉악하게 만든 듯한 얼굴. 새하얀 피부와 등에 달린 날개.

우리가 실험실에서 본 트롤과 용의 합성물이었다. 반 레일로 인해 장애물로 변한 키메라들의 머리 위를 날아서 온 것이리라.

또 성가신 녀석이 와버렸다….

"괜찮아, 리나?!"

가우리가 물었다.

아마 발톱 따위의 공격을 피한 후 꼬리에 맞아 쓰러진 것이리라. 충격은 깨 있었지만 그리 큰 대미지는 없었다.

"괜찮아. 그보다 저 녀석을 어떻게든 해야 해."

너무 여기서 시간을 지체하면 후속 부대가, 그리고 할시폼이 올

것이다.

"불을 내뿜지는 않으려나, 저 녀석…."

루비아를 뒤쪽에 숨기면서 가우리가 말했다.

"괜찮을 거야."

나는 말했다 할시폼도 자신의 집을 통째로 태울 녀석을 보내지는 않았을 것이다.

그것이 날았다.

가우리는 검을 뽑았고 나는 주문을 외웠다.

그의 일격이 용의 단단한 피부를 찢고 가슴을 깊숙이 찔렀다.

하지만 개의치 않고 발톱을 휘두르는 용.

"칫!"

검을 회수할 시간이 없었다. 그는 용의 가슴에 검을 남긴 채 뒤쪽으로 뛰어 피했다. 가우리와 부딪힐 것 같자 황급히 옆으로 피하는 루비아.

"밤 로드[炎熱鞭]!"

계속해서 쫓아오려는 용을 향해 주문을 날렸다.

손바닥에서 뻗어 나온 불꽃의 채찍은 용의 머리를 향해.

날아갔지만….

우직!

용의 턱이 불꽃의 채찍을 물어서 끊어버렸다!

말도 안 돼!

비록 마력을 이용하고 있다고 해도 불꽃은 역시 불꽃이다. 불에 강한 용족이라면 분명 해낼 수 있는 일이긴 하지만…

용은 타깃을 이쪽으로 바꾸었다.

나는 허리에서 검을 뽑았다.

하지만 힘이 떨어지는 나의 검으로 용의 피부를 뚫고 치명상을 입힐 수는 없을 것이다.

"가우리!"

주저 없이 검을 가우리에게 집어 던졌다.

"응!"

그는 그것을 받아 들고 용을 향해 달렸다.

용의 주의가 가우리 쪽으로 쏠렸다.

나는 주문을 외우기 시작했다

가우리는 용의 날개 한쪽을 잘라냈다.

균형을 잃고 쓰러지는 용.

하지만 가우리 역시 왼쪽 어깨에 상처를 입었다. 틈을 노리지 않고 공격하는 가우리에게 용의 꼬리가 날아들었다.

"큭!"

피하지 못하고 꼬리 끝에 튕겨서 계단 난간에 기대는 가우리.

일어서는 용.

"댐 브라스!"

명중!

이번에야말로 내 마법은 용의 머리를 정확하게 박살냈다.

하지만….

계단 밑으로 굴러 떨어진 동체는 아직도 바동거렸다.

"정말 끈질긴 녀석이군."

가우리가 중얼거렸다.

"꼭 가우리를 보는 것 같아. 아, 하지만 넌 머리가 찌그러져도 멀쩡하지만 뜨거운 물을 부으면 죽으려나?"

"내가 무슨 바퀴벌레냐?!"

이쪽을 보고 반론하려던 가우리는 풋, 작게 웃음을 터뜨렸다.

"왜 그래?"

"너… 얼굴에 옆줄이 그어져 있어."

"뭐… 뭐라고?!"

그, 그렇다면 역시 아까 계단에 부딪쳤을 때….

"에잇, 그런 것보다 어서!"

우리는 겨우 용의 숨통을 끊고 그 가슴에 박힌 검을 회수했다.

"2층이에요!"

루비아가 두 사람을 재촉했다.

긴 복도가 좌우로 뻗어 있었다.

마주 보는 형태로 늘어선 몇 개의 문. 그리고 문 옆에 늘어선 가고일의 동상.

가고일상은 모두 한결같은 디자인으로 입에 돌 구슬을 물고 있었다.

수… 수상하다!

모르는 사람이 있을 테니 대충 해설하겠는데, 가고일이라는 것은 석상과 똑같이 생긴 마수로, 사람들이 방심하고 다가가면 갑자기 습격하는 성가신 괴물이다.

정면 승부를 하면 그리 힘들이지 않고 해치울 수 있는 적이지만….

지금 여기서 "석상일까, 가고일일까? 두근두근!" 그러면서 쓸데없는 시간을 허비할 이유는 없었다.

나는 힐끔 루비아를 쳐다보았다.

"설마 저 석상 중에 진짜 가고일이 섞여 있는 것은 아니겠지?"

"그건… 문제없어요."

그녀는 말했다.

"여러 번 걸레로 닦기도 했는데… 단순한 석상이에요. 할시폼 님이 예전에 소중한 구슬이라며 붉은 수정구 같은 것을 돌처럼 보이게끔 표면을 덮어서 이 가고일 동상 중 하나에 물려두었는데 아마도 그것이…."

"그렇군. 잘 아는구나. 그런데 그게 어느 것이지?"

"그것이…."

그녀는 말문을 흐렸다.

"2층 동상 중 하나에 물려둘 테니까 청소할 때 조심하라는 말을 … 들은 것뿐이라서요."

"흠… 그렇다면 결국 하나하나 조사해 볼 수밖에 없겠군."

"시간이 있다면 가능한 이야기겠지?"

！

우리는 소리가 난 쪽을 돌아보았다.

통로에 서 있는 석상의 그림자에서 흐물흐물 어둠이 일었다.

깊숙이 뒤집어쓴 후드 속에 붙어 있는 하얀 악마의 가면.

"세이그람!"

나의 등에 식은땀이 흘렀다.

할시폼이 '사념파'로 연락을 한 건가?

"시간을 벌라는 명을 받았다. 집 안이 어질러지는 것은 사양한 다더군. 상당히 억지를 쓴단 말이야, 인간이란 존재는."

"헤에, 찾지도 않았는데 일부러 와주었구나."

나는 허세를 부렸다.

"너를 해치워도 할시폼의 불사는 해소된다고 했지?"

"나를 죽일 수 있을 때의 이야기지."

으….

나는 말문이 막혔다.

일시적인 불사를 얻은 할시폼이 이곳에 도착하면 남는 수단은 없어진다.

아직 모습을 드러내지 않고 있는 기오 가이아의 존재도 마음에 걸렸다.

그 둘 중 하나가 나타나기 전에 세이그람과 결판을 내든지, '계약의 돌'을 발견해야 했다.

남은 승산은 그것뿐이었다.

드래곤 슬레이브를 쓴다면 사건은 손쉽게 해결되겠지만 여기는 황야의 한복판이 아니다. 그런 걸 쐈았다간 마을에 엄청난 피해가 생길 것이다.

얼마 안 되는 승산이긴 했지만 그 방법밖에 없는 이상, 할 수밖에 없었다!

"해치울 수 있어."

나는 딱 잘라 말했다.

"반드시 쓰러뜨리겠어, 녀석이 오기 전에."

"아… 그건 무리가 아닐까요?"

움찔!

등 뒤의 목소리에 나는 얼어붙었다.

주뼛주뼛 돌아보는 나.

하얀 망토와 로브를 펄럭이며 그가 조용히 서 있었다.

"이미 와버렸으니까."

백색의 할시폼.

여느 때와 다름없는 미소를 지은 채.

"루비아, 이리로 오렴."

할시폼은 온화한 목소리로 말했다.

슬픈 얼굴로 고개를 젓는 루비아.

"부탁이에요, 할시폼 님. 이제 이런 일은 그만두세요."

"무슨 소리야, 루비아. 이것도 다 두 번 다시 널 잃고 싶지 않아서….”

“아니에요!”

격한 어조로 말하는 그녀.

“당신이 쫓고 있는 것은 죽은 사람의 환상이에요! 저는… 저는 당신이 사랑했던 루비아 씨가 될 수 없어요! 아무리… 아무리 그녀를 원한다 해도 저는… 역시 당신이 만든 인조인간 루비아에 불과해요!”

뭐…?

“루비아, 아니야.”

할시폼의 얼굴에 당혹감과 슬픈 표정이 떠올랐다.

“넌 루비아야. 다른 누구도 아닌… 나의… 소중한….”

“할시폼 님.”

세이그람의 무거운 목소리가 두 사람의 대화를 중단시켰다.

“사랑 놀음은 나중에도 할 수 있습니다.”

“사랑 놀음이라고?!”

그는 세이그람을 날카롭게 노려보았다.

잠시 동안 침묵.

할시폼은 조용히 한숨을 내쉬었다.

“뭐, 좋아. 일단 결판이 먼저겠지. 세이그람, 넌 거기서 구경이나 하고 있어.”

“분부대로 합죠.”

조소를 머금은 말투로 대답하는 하얀 가면.

"할시폼 님!"

"루비아, 물러나 있어."

난 할시폼의 앞을 가로막으려 하는 그녀를 저지했다.

"아⋯?"

그녀는 나를 멍하니 바라보았다.

"언젠가는 내야 하는 결판인 거야, 이건⋯."

"그렇겠지요."

말하는 할시폼, 말없이 고개를 끄덕이는 가우리.

"미스터 타림은 당신이 '불사' 이상의 엄청난 것을 노리고 있다고 우려하던데⋯."

나는 말했다. 옆에서 가우리가 '빛의 검'을 뽑아 들었다. 태연하게 거리를 좁히는 할시폼.

"저는 그저⋯ '영원'을 손에 넣고 싶었을 뿐입니다. 소중한 것을 두 번 다시 잃지 않기 위해서⋯."

이기지 못할지도 모르겠어, 이 남자에겐⋯.

그런 생각이 문득 뇌리를 스쳤다.

하얀 가면만 쓰러뜨리면 할시폼의 불사는 사라진다.

그래서 더욱 섣불리 세이그람을 공격할 수 없었다.

일격에 쓰러뜨리지 않으면 도망쳐 버릴 것이다.

그렇게 되면 끝장이다.

하지만 한 수 아래인 기오 가이아조차 에르메키아 란스를 정통으로 맞고도 쓰러지지 않았다. 그보다 훨씬 수준 높은 세이그람을 과연 한 방에 해치울 수 있을지….

그렇다면 역시 그 방법을 쓸 수밖에 없다.

그리 지적(知的)이라고 할 순 없지만….

할시폼의 오른손이 조용히 올라갔다.

그것이 전투 개시 신호였다.

그의 입술에서 낮은 주문이 흘러나왔다.

동시에 나와 가우리가 바닥을 박차고 달려 나갔다.

나도 검을 뽑아 들고 속으로 주문을 외쳤다.

할시폼의 주문이 끝났다. 그 순간….

나는 오른쪽으로, 가우리는 왼쪽으로 도약했다.

좌우의 위치를 서로 바꾸었을 뿐 특별할 것 없는 페인트였다.

하지만 할시폼에게 잠시 당혹감을 주기에는 충분했다. 불사신이라고 해도 싸움에 있어선 아마추어.

나는 주문의 영창을 마쳤다.

"플레어 비트[裂火陣]!"

수십 발의 작은 불 구슬이 할시폼의 주위에서 무수한 작은 폭발을 일으켰다.

"크윽!"

그의 모습이 일순 폭염 속에 사라졌다.

"돌을!"

"응!"

그 한마디로 가우리는 내가 무엇을 하려는지 알아챘다.

가우리는 '빛의 검'을 휘둘러 가까이 있던 가고일상이 물고 있는 돌 구슬을 두 쪽 냈다.

옅어져 가는 폭염 속에서 수십 발의 '플레어 애로'가 날아왔다.

조준을 하지 않고 아무렇게나 쏘아댄 것이었기에 두 사람은 어려움 없이 몸을 비틀어 피했다.

유탄 중 하나가 우리 뒤쪽에서 구경하고 있던 세이그람의 안면을 향해 날아갔다.

이거에 맞으면 웃기겠는데….

그렇게 생각했지만 하얀 가면은 가볍게 몸을 피했다.

칫, 아깝다!

하지만 잘 생각해 보니 물질을 매개로 하는 '불'의 주문 따윈 명중했다고 해도 마족인 그에게 큰 대미지는 주지 못할 것이다.

괜히 기대했네….

폭염이 사라지기도 전에 나는 다음 주문을 해방했다.

"바루스 로드[破碎鞭]!"

목표는 할시폼이 아니었다.

나의 손에서 뻗어 나온 빛의 채찍은 두 개의 가고일상의 머리를 부쉈다. 입에 물고 있는 구슬과 함께.

쉽게 말해 어느 것이 '계약의 돌'인지 알지 못하는 이상 모두 부수자는 것이었다. 조금 무식한 건 사실이지만 가장 확실한 방법이기도 했다.

"큭!"

그것을 눈치챘는지 안색이 변하는 할시폼.

"파이어볼!"

빛의 구슬이 나를 향해 날아왔다.

"칫!"

가우리는 발밑에 떨어진 석상 조각을 빛의 구슬을 향해 집어 던졌다.

멋지게 명중! 빛의 구슬은 폭발하여 공중에 새빨간 불꽃을 흩뿌렸다.

폭풍이 진정되기도 전에 다시 불꽃의 화살이 쏟아졌다.

나는 가고일상을 방패 삼아 겨우 피했다.

하지만 뒤쪽으로 도약한 가우리의 착지 지점에 '플레어 애로'가 하나 박혔다.

균형을 잃는 가우리. 허공을 휘젓던 그의 왼손이 가고일상의 머리를 붙잡았다.

그것을 잡고 중심을 되찾을 생각인 것 같다.

그랬을 텐데….

그대로 그는 엉덩방아를 찧었다.

그 손안에는 돌 구슬이 쥐어져 있었다.

붙잡으려고 했는데 석상의 입에서 쑥 빠져버린 것이다.

빠졌다는 말은….

"가우리, 그 돌이야!"

내가 외쳤다.

"아!"

완전히 안색이 변하는 할시폼.

가우리는 이해했다.

나는 주문을 외웠다.

"이걸로…."

가우리가 내려친 '빛의 검'이….

"끝이다!"

손에 들고 있는 돌을 박살냈다!

표면이 보통의 돌로 덮인 붉은 보옥은 무수한 파편이 되어 흩어졌다.

할시폼의 흐릿한 외침.

"댐 브라스!"

나의 주문이 정면으로 그의 가슴에 명중했다.

"이겼다!"

가우리가 외쳤다.

순간….

그를 향해 폭염의 비가 쏟아졌다!

"우욱!"

간신히 피하는 가우리, 아니….

그는 왼발을 조금 절고 있었다.

지금 그 폭염에 당한 건가!

야단났군.

그런데 왜…?

"말도 안 돼."

가우리가 중얼거렸다.

이마에 땀방울이 맺힌 채.

그의 시선이 향하는 곳에는… 여전히 할시폼이 조용히 서 있었다. 눈동자 속에 분노를 품은 채.

"'계약의 돌'은 부쉈는데?!"

그의 말에 백색의 마법사는 의아한 표정을 지었다.

"계약의… 돌?"

냉소가 입가에 떠올랐다.

"아하, 당신들은 그것이 '계약의 돌'인 줄 알았나 보군요."

"뭐?"

나는 루비아에게 눈길을 돌렸다.

할시폰은 힐끗 그녀에게 시선을 보냈다.

"그렇군. 루비아가 말했군요. 루비아, 너의 마음은… 아니, 이 이야기는 나중에 하지.

가우리 씨, 당신이 부순 것은 지금까지 '불사'의 연구 데이터를 기억시켜 놓은 단순한 메모리 오브(orb)에 불과합니다. 뭐, 저에게 있어서 소중한 것임은 틀림없습니다만, 아무래도 루비아가 착각을 한 모양이군요."

말도 안 돼!

하지만 그렇다고 그녀를 책망할 순 없었다.

그렇다면 진짜 '계약의 돌'은 어디에…?

이렇게 되어버린 이상 방법은….

틀렸어, 아무것도 떠오르지 않아.

"하지만 메모리 오브를 부순 대가는 톡톡히 치르셔야겠습니다."

할시폼의 오른손에 하얀 빛이 부웅 떠올랐다.

가우리를 노리고 있다!

나는 주문을 외우면서 그를 향해 질주했다.

"파이어볼!"

주문을 발사하는 할시폼.

"레이 윙!"

나는 가우리를 붙잡았다.

그대로 두 사람은 공중에 떴다.

그야말로 간발의 차이. 뒤쪽에서 폭발하는 파이어볼.

하지만 폭풍의 여파 때문에 생각 이상으로 속도가 붙고 말았다. 이대로는 벽에 충돌하고 말 것이다.

시야의 한편에서 세이그람의 하얀 가면이 조소를 띠고 있는 듯 보였다.

그때….

내 머릿속에 문득 어떤 생각이 번득였다.

"큭…!"

나는 레이 윙의 궤도를 조절하면서 칼집째 검을 뽑았다.

벽을 눈앞에 두고 나는 비행 궤도를 바꿨다.

세이그람을 향해.

"아니!"

소리를 지르는 세이그람!

하지만 피할 수 있는 거리가 아니었다.

"피해, 세이그람!"

할시폼이 외친 그 순간….

거꾸로 잡고 있던 칼집이 하얀 가면을 깨뜨렸다.

'얼굴 없는 세이그람'이 쓰고 있던 돌로 만들어진 악마의 가면을.

"우아아아아아악!"

할시폼의 절규가 울려 퍼졌다.

쿠웅!

"우욱!"

나는 육중한 소리와 함께 벽에 충돌했다.

레이 윙을 급히 감속시키려 했지만 역시 여의치 않았던 것이다.

벽과 가우리의 몸에 끼어 뼈가 듣기 거북한 소리를 냈다.

"리나, 너….”

견디지 못하고 웅크리는 나를 안아 들고 가우리가 말했다.

"일부러… 내 쿠션이 되어준 거야?"

"착각하지 마."

나는 통증을 참고 웃으면서 말했다.

"오…."

세이그람은 깨진 가면의 파편을 사랑스러운 듯 집어 들었다.

"오오…."

얼굴 없는 얼굴, 후드 안의 어둠이 손안의 그것을 내려다보고 있었다.

"내… 내… '계약의 돌'이…."

"뭐?!"

놀라 소리를 지르는 가우리.

그랬다.

'계약의 돌'…. 세이그람의 얼굴(?)을 가리고 있던 악마를 본뜬 하얀 돌 가면이야말로 바로 계약의 돌이었다.

세이그람은 왜 그토록 우리와 싸우려 하지 않았던 것인가.

하얀 가면을 쓴 마족이 왜 동료들로부터 '얼굴 없는 세이그람'이라고 불렸던 것인가….

그 대답이 이것이었던 것이다.

"세… 세이그람!"

바닥에 무릎을 꿇은 할시폼이 고통스러운 소리를 쥐어짜 냈다. '불사'를 잃은 대가인지 상당한 무력감과 고통이 그의 몸을 괴롭히고 있는 듯했다.

"해치워라, 녀석들을!"

"시끄러워!"

내가 쏜 '플레어 애로'가 그의 몸을 꿰뚫었다.

얼굴을 돌리는 루비아.

백색의 마법사는 그대로 그 자리에 무너졌다.

"자…."

나는 세이그람에게 시선을 돌렸다.

"주인님의 유언은 그것이었는데… 어떻게 할래?"

그는 느릿느릿 '얼굴'을 내게 돌렸다.

"내가 그 남자와 맺은 계약을 기록한 돌이 깨진 이상, 그 남자의 명령에 따를 이유 따윈 없다."

음음, 꽤나 깨끗하군. 마족임에도 꽤나 기특한 마음가짐이다.

우리도 꽤 지쳐 있는 것은 사실이었다. 가능하면 더 이상 싸움 따윈 하고 싶지 않았다.

"하지만…."

이봐, 이봐…

"너희들과는 결판을 내야겠지. 내 명예를 위해서도."

…앞에 한 말 취소.

세이그람은 둥실 떠오르더니 쓰러져 있는 할시폼의 옆에 소리 없이 내려섰다.

"간다!"

그의 손바닥이 새파란 파이어볼을 만들어냈다.

나는 도약했다. 가우리는….

아차, 못 움직였지!

하지만 가우리는 몸을 비틀어 간발의 차이로 파이어볼을 피했다.

파이어볼은 그의 뒤쪽 막다른 벽에 부딪쳐서 폭발했다.

가우리가 도약했다!

폭발의 여세를 타고!

"받아라!"

가우리가 '빛의 검'을 치켜들었다.

그때….

세이그람의 몸이 어둠에 잠겼다.

그리고 순식간에 소멸했다.

그곳에 있던 마족과 함께.

"아니?!"

멋지게 헛손질을 하고 착지하는 가우리. 다리에 입은 상처가 생각보다 깊었는지 크게 균형을 잃었다.

"도망쳐, 가우리!"

나는 외쳤다.

그는 돌아서려고 했다.

하지만 그 등에 플라스마 볼이 작렬했다.

"크악!"

가우리는 가고일상과 정면으로 충돌했다.

그의 손에서 '빛의 검'이 떨어졌다.

"가우리!"

그는 움직이지 않았다….

"자…."

얼굴 없는 얼굴이 천천히 내 쪽을 돌아보았다.

"일단은 이걸로 한 명."

세이그람….

어둠을 써서 공간을 이동하는 마족….

"에르메키아 란스!"

다시 어둠 속에 묻히는 세이그람.

나의 주문은 너무나도 간단히 빗나갔다.

등 뒤에서 응집되는 '어둠'의 기척.

당황해서 돌아보았다.

눈앞에 빛의 구슬이 다가오고 있었다.

"우아악!"

몸을 뒤로 젖혀 간신히 피했다. 빛의 구슬은 내 콧등을 태우고
지나갔다.

이 녀석…!

나는 손에 든 검을 내던지고 품속에서 작은 나이프를 꺼냈다.

예리한 은쇄 광선이 허공을 갈랐다.

나의 나이프가 세이그람의 그림자를 땅에 묶었다.

"섀도 스냅(Shadow Snap)!"

이 기술은 상대의 움직임을 아스트랄 사이드에서 봉인한다.

기술 자체에는 아무런 공격력도 없지만 정신 생명체에 가까운 마족에게는 효과가 있을 것이다.

"호오… 내 그림자를 묶어놓다니 인간치곤 상당한 능력이군."

움직임을 봉인당한 상태에서 말하는 세이그람. 농담이라도 한마디 되돌려주고 싶었지만 그런 여유를 부릴 만한 상대가 아니었다. 나는 '에르메키아 란스'의 주문을 외우기 시작했다. 아무리 세이그람이라도 이것을 맞으면 충격이 없지는 않을 것이다.

"하지만 그런 까닭에… 상대를 너무 얕보는 경향이 있다."

투둑….

작은 소리가 났다.

나는 눈을 크게 떴다.

세이그람의 그림자를 묶어놓았던 나의 나이프, 콱 박혀 있던 그것이 바닥에서 천천히 빠졌다.

쨍강.

맑은 소리를 내며, 그것은 바닥에서 완전히 빠져나왔다.

흐느적흐느적 움직이는 세이그람.

"아스트랄 사이드의 '나이프'의 간섭력을 내 아스트랄 사이드의 힘이 이겨냈다. 단지 그것뿐이지만… 그리 쉽게 볼 수 있는 광경은 아니겠지."

"으!"

나는 중단된 주문을 재개했다.

"에르메키아 란스!"

어둠에 섞여 마족의 모습이 사라졌다. 칫!

"큭!"

옆구리에 작열감이 일었다.

불꽃의 화살이 뒤쪽에서 나의 옆을 스친 것이다.

녀석은 쓰러진 가우리의 조금 뒤쪽에 서 있었다.

그 발밑에는 '빛의 검'.

나는 달렸다.

과연 해낼 수 있을지!

"파이어볼!"

내가 쏜 빛의 구슬은 가우리의 바로 옆에 있는 세이그람의 발밑
에서 폭발했다.

폭풍에 휩쓸려 날아가는 바닥재의 파편. 그리고….

나는 오른손을 뻗었다.

"어리석은!"

연기를 가르며 튀어나오는 마족. 파이어볼을 무시하고 내가 다
음 주문을 외우기 전에 결판을 낼 생각이다.

"동료를 죽일 생각이냐? 나에게 불꽃의 주문 따위는 통하지 않
는다!"

다가오는 그 손에 붉은 빛이 감돌았다. 주문의 힘으로 나를 직
접 가격할 생각이다.

주문을 외울 시간은 없었다. 하지만.

"빛이여!"

나의 외침과 함께 빛의 칼날이 세이그람의 몸을 꿰뚫었다.

"크아아아아악!"

세이그람의 절규가 울려 퍼졌다.

오른팔을 크게 쳐든 채 마족의 상체가 휘청거렸다.

"어… 어느 틈에…?"

내용물이 없는 후드는 내가 손에 들고 있는 것을 바라보았다.

자신을 꿰뚫은 '빛의 검'을.

좀 전의 파이어볼. 그것은 공격을 위한 것이 아니었다. 바닥에 떨어진 '빛의 검'을 튕겨내는 것이 목적이었던 것이다.

그리고 그것을 내가 붙잡았다.

물론 말처럼 쉬운 일은 아니었다. 솔직히 말하면 나로서도 성공할 자신은 거의 없었다.

하지만 공간을 마음대로 이동하는 비상식적인 기술을 가진 세이그람의 허를 찌르려면 이쪽도 그 나름의 수를 쓰지 않으면 안 되었다.

그리고 나는 도박에서 이겼다.

"너… 너, 이 녀석…, 이 녀석!"

세이그람의 오른손에 힘이 들어갔다.

어림없지!

"사라져라!"

나는 최대한의 기력을 '빛의 검'에 주입했다.

검은 마족을 수직으로 베었다.

"!"

비명도 지르지 못한 채 비틀비틀 몇 발 물러서다가 털썩 무릎을 꿇는 세이그람.

끝났다, 겨우….

"아… 아직이다."

중얼거리는 마족. 말도 안 돼?!

"아직… 나는… 죽지 않는다."

'빛의 검'의 파괴력은 사용자의 의지력에 비례한다. 내 혼신의 의지를 불어넣은 일격으로 죽이지 못했다는 것은, 이 녀석에겐 대체 어느 정도의 마력이 있기에….

"언젠가… 반드시…!"

세이그람의 몸이 어둠 속에 흐려졌다. 이런!

지금 놓치면 나중에 성가시게 된다. 저런 녀석의 목표물이 된다면 안심하고 잘 수도 없다.

"놓칠 것 같아!"

'빛의 검'이 허공을 갈랐다.

하지만 내가 벤 것은 희미한 어둠의 잔재뿐.

놓친 건가.

하지만 어쨌거나 이걸로 대충 결판은 났다.

끝까지 모습을 드러내지 않았던 또 한 명의 마족, 기오 가이아의 존재가 마음에 걸렸지만 여기까지 와서 모습을 드러내지 않는 이상 이제 와서 등장할 가능성은 낮았다.

자, 그럼….

나는 쓰러져 있는 가우리에게 눈길을 돌렸다.

많이 다친 게 아니었으면 좋겠는데….

조금 휘청거리는 발걸음으로 그를 향해 걸음을 내디뎠다.

"리나 씨!"

루비아의 외침!

등 뒤에 살기가 일었다.

?!

등에 작열하는 뜨거운 불덩어리.

나는 그 덩어리를 맞고 날아가서 벽과 정면충돌했다.

아주 잠깐 나는 정신을 잃은 듯했다.

황급히 몸을 일으키려 했다. 그 순간.

"으윽!"

전신에 참을 수 없는 통증이 밀려왔다.

나는 겨우 얼굴만을 통로 쪽으로 향했다.

'빛의 검'은 조금 전 맞을 때 튕겨 나갔는지 그곳에 서 있는 남자의 발밑에 뒹굴고 있었다.

백색의 할시폼. 로브에서 뻗어 나온 손이 묘하게 길어 보이는 것은 기분 탓일까.

헝클어진 하얀 머리카락은 격렬했던 싸움 때문일. 하지만….

그렇다면 그의 왼쪽 눈에서 빛나는 녹색 빛은?

"설마…."

나는 중얼거렸다.

"기오… 기오 가이아?"

"기오 가이아는 이제 없습니다."

처절한 웃음을 지으며 말하는 할시폼.

"당신들을 해치우지 못한 벌로… 제가 '먹어'버렸으니까요."

먹었다고?

할시폼은 발밑에 떨어진 '빛의 검'에 힐끔 시선을 돌리고 뒤쪽으로 걸어찼다.

"루비아, 잘 챙겨놓아라. 나중에 실험에 도움이 될 테니까."

그녀 쪽으로는 눈길도 주지 않고 말했다.

"불사의 연구를 하던 중 어떤 오랜 기록을 발견했거든요. 타인을 '먹는' 것에 의해 그 능력의 일부를 자신의 것으로 흡수할 수 있다더군요."

"그… 그럼…."

백색의 마법사는 조용히 고개를 끄덕였다.

"그 실험자는 상대의 생명력을 흡수해 목숨을 연장하려 했겠지요. 하지만 결국은 성공하지 못했습니다. 그래서 나는 착안했지요. 보다 긴 수명, 보다 높은 능력을 가진 자를 '먹어'보면 어떻게 될까

하고. 그래서 그 대상으로 삼은 것이…."

"마족."

"그래요. 하지만 그들이 그리 쉽게 '먹혀'줄 리가 없었습니다. 그래서 저는 당신들과 싸우고 싶어 했던 기오에게 말했습니다. 만약 진다면 내 실험에 동참하라고요."

그렇군….

그래서 그는 기오에게 가르쳐주지 않았던 것이다.

'빛의 검'의 존재를.

마족의 생명력을 흡수했기에 그는 '불사'의 계약이 깨진 후에 내가 쏜 '플레어 애로'를 맞고도 여전히 살아 있었던 것이다.

"자, 이걸로 이야기는 끝입니다."

그렇게 말하고 조용히 다가오는 할시폼.

상황은 철저히 나에게 불리했다.

나는 몸을 움직일 수 있는 상태가 아니었다. 주문을 먼저 쏴서 명중하지 못하면 그걸로 나의 패배였다.

아니, 설령 에르메키아 란스가 명중됐다고 해도 그 한 방으로 이길 수 있다는 보장은 없었다.

"안심하시길."

싱긋 미소 짓는 할시폼.

"당신을 여기서 완전히 제거할 생각은 없으니까요. 당신을 표본으로 강력한 마력을 가진 인조인간을 만들어 여러 가지 실험을 할 생각이고, 당신은…."

설마….

온몸에 한기가 일었다.

"저에게 먹히는 것에 의해 그 능력을 영원히 살릴 수 있을 겁니다."

"이제 그만하세요!"

루비아가 소리를 질렀다.

돌아보는 할시폼.

그녀는 떨리는 양손으로 '빛의 검'을 쥐고 있었다.

슬픈 결의를 눈동자 속에 간직한 채.

"루비아…?"

중얼거리는 백색의 마법사.

"이제… 이제 그만하세요! 더 이상… 이런 짓은…."

"무슨 소리야. 바보 같은 짓, 그만둬. 자, 검은 휘두르지 말고 계단 밑에 가서 기다리고 있어. 괜찮아. 금방 끝날 테니까."

금방이라도 울 것 같은 얼굴로 그녀는 좌우로 고개를 저었다.

"아니에요."

"자, 내 말 들어. 내 귀여운 루비…."

"아니에요!"

외치며 달리는 루비아. 할시폼을 향해.

"루비아!"

오른손을 뻗는 할시폼. 그 손바닥에 빛이 감돌았다.

안 돼, 루비아!

두 사람의 그림자가 교차했다.

"아."

나는 할 말을 잃었다.

할시폼은⋯. 오른손의 빛을 쏘지 못한 채 루비아가 들고 있는 '빛의 검'에 찔렸다.

"이제⋯ 그만두세요, 할시폼 님⋯."

그 가슴에 얼굴을 묻고 말하는 루비아.

마법사의 오른손에서 빛이 사라졌다.

결국은 쏘지 못한 빛이.

그의 손이 루비아의 머리카락을 다정하게 쓰다듬었다.

"그래⋯. 그랬지."

그녀는 놀라 얼굴을 들었다.

온화한 미소를 짓는 남자가 그곳에 있었다.

"어떤⋯ 어떤 상대가 됐든⋯ 나는 지지 않았을 거야. 하지만⋯ 루비아, 너에게 죽는다면⋯ 그것은 어쩔 수 없는 일이겠지."

신비스러운 표정을 짓더니 그의 몸에서 힘이 빠졌다.

그것이⋯.

불사를 추구하던 한 마법사의 최후였다.

에필로그

하늘은 화창하게 개어 있었다.

거리는 오늘도 활기차 보였다.

여느 때와 아무것도 다를 바 없는 일상.

"마치… 그런 사건 따윈 일어나지 않은 것 같아."

"왜 너답지 않게 숙연해 있는 거야?"

가우리는 내 머리를 마구 헤집었다.

"남의 머리를 함부로 헤집지 마! 미안하구나, 나답지 않아서."

"미안! 네가 숙연해 있으니 꼭 천재지변의 전조 같잖아."

"내가 무슨 메기냐!"

나와 가우리는 마을의 동쪽 출구를 향해 걷고 있었다.

그로부터 열흘.

겨우 두 사람 모두 부상에서 회복되어서 남아 있던 뒤처리를 끝낸 것이 어제.

그렇다고 해도 사건의 가장 복잡한 부분은 이미 대충 루비아가 정리해 버렸지만.

란츠는 상처가 아물자마자 이 마을을 떠났다. 사일라그 시티를 구경이라도 하고 오겠다면서.

데이미아는, 그가 어떻게 되었는지는 모르겠다. 전설에 따르면 라우구누트 루샤부나에 걸린 자는 술자, 즉 세이그람이 죽을 때까지 죽을 수조차 없다고 한다.

마법사 평의회의 높은 분은 내 질문에 말을 흐릴 뿐이었지만……

루비아는….

처음엔 그녀도 많은 비난을 받았다. 할시폼이 하고 있는 일을 알면서도 묵인하고 있었기에.

하지만 나의 협박 섞인 변호가 있었고, 다른 사람에게 이야기했다 해도 손쓸 방도가 없었으며, 사건을 마무리 지은 것도 그녀라는 점이 참작되어 최종적으론 불문에 부치기로 했다.

할시폼에게 있어서 그녀는 대체 어떤 존재였을까?

그것은 결국 알지 못했다.

그녀에게 물으면 이야기해줄지도 모르지만 왠지 나는 그럴 생각이 들지 않았다.

그리고 우리는….

"그런데 이곳을 떠나면 다음엔 어디로 갈 거야?"

가우리가 물었다.

우리 두 사람은 모두 이렇다 할 목적 없는 여행을 하고 있었다. 즉 어디로 가든 자유인 셈이다.

세이룬에서 복잡한 일이 벌어지고 있다는 소문도 들려오니 머리를 들이밀어 보는 것도 재미있겠지.

제피리아에 있는 고향에 오랜만에 돌아가 볼까?

그러고 보니 가우리의 고향은 대체 어떤 곳일까?

뭐, 어찌 됐든.

"글쎄, 일단 걸으면서 생각하자."

그렇게 말하고 나는 윙크를 해 보였다.

그 뒤 두 사람은 아트라스 시티를 뒤로했다.

— 3권에 계속 —

작가 후기

칸자카 하지메

…편집부, 편집부… 여기는 「슬레이어즈」 작가 칸자카 하지메.

현재, 문고의 후기를 점거하려는, 눈에 보이는 것 없는 인물의 시선을 피해, 장롱 속에서 채팅하듯 후기를 보내는 중.

언제까지 보낼 수 있을지 모르겠지만 최선을 다하겠다.

독자 여러분, 안녕하십니까! 작가인 칸자카 하지메입니다!

네? 아까까지와 분위기가 너무 다르다고요?

흥을 내야 할 때는 흥을 내야 하지 않겠습니까!

1권 후기는 어딘가 창고에 감금당해 있었습니다만, 작가의 창고탈출기술은 108식이나 있으니 큰 위기상황은 아니었습니다!

신장판을 낼 수 있게 된 것은 한층 강력하게 응원해주신 독자 여러분 덕이지요. 진심으로 감사드립니다.

작가로 살다 보면 팬레터를 받는 일이 있습니다만, "근래 들어 읽기 시작했습니다. 추천해주신 건 아버지예요", 혹은 "초등학교 시절부터 읽기 시작했습니다만, 곧 아이가 태어납니다"와 같은 내용을 눈에 접하면 '오랜 세월 읽어주시는구나' 하는 감개무량한 마음이 가슴 깊이 우러납니다.

…그와 동시에 나도 나이를 먹었구나, 싶어 다른 의미에서 감개무량하기도 합니다만.

독자 여러분은 바르게 성장하고 계신데, 저 혼자 조금도 성장하지 않은 기분이 들기도 하고요.

자칫하다간 이 2권을 쓸 때보다 퇴화한 건 아닌가, 싶은 무서운 생각이 머릿속을 스칩니다.

예전 기억을 되돌려 보면, 이 2권을 쓸 때 참 많은 일이 있었습니다.

단편으로 끝내리라 생각하고 쓴 「슬레이어즈」가 상을 받으면서, 그 시상식에서 담당편집자께서 이렇게 말씀하셨죠. 시리즈 두 번째 이야기를 부탁해, 라고 스리슬쩍. "저기, 그러니까, 이미 마왕을 해치워버렸는데요"라고 저는 웅얼거렸고요.

지금이니 하는 말이지만, 처음에는 정말 말도 안 되는 소릴 하는구나, 싶었습니다.

하지만 그 결과, 큰 기술 한 방으로 완결, 이라는 형태를 봉인하기 위해 마을에서 벌어지는 이야기를 쓰자는 발상이 떠올랐고, 이 이야기가 만들어졌습니다.

그제야 처음으로 이야기에 따라 상황과 테이스트를 바꾸는 법을 배운 듯합니다.

물론 테이스트를 바꾸는 데에도 한도라는 것이 있어서, 지나치게 크게 바꿨다간 같은 시리즈로 받아들여지지 않겠죠.

실제로 이 「아트라스의 마도사」를 발표한 후, 1권과 달리 분위기가 무겁다는 의견도 여기저기서 많이 받았습니다. 물론 의식적으로 그렇게 이끌어간 면도 있습니다만.

어쨌든 이런 것도 슬레이어즈의 두 번째 이야기를 써달라는 요청이 없었다면 알 수 없었을 겁니다.

무모한 행동이 무모하다는 것을 인정하지 못하고, 일단 열심히 해보자는 자세는 소중한 것이지요.

어쩌면 뭔가를 배울 계기가 될 수도 있으니까요.

……물론, 역시 무모했습니다, 라는 결과가 나오는 경우도 있지만요.

아, 그리고 다른 사람의 후기 스페이스를 강탈하는 어떤 여자의 무모한 소리를 들어줄 마음은 전혀 없습니다.

그런 의미에서 이 「아트라스의 마도사」라는 이야기는 작가에게 터닝 포인트가 되어주었는지도 모르겠습니다.

도중까지 영 펜이 뛰놀아주지 않아 고충이 많았습니다만, 그러던 끝에,

"나는 요괴, 괴수가 너무 좋아! 그러니 그런 생물체를 출연시키자!"라고 결의, 가시가 달린 늑대 같은 녀석들을 출연시키다 보니 집필 페이스가 빨라졌습니다.

스스로도 뭐 이런 녀석이 다 있나, 대체 얼마나 괴물을 좋아하는 거냐?

라고, 슬그머니 제 삶의 방식에 의문을 품게 되긴 했습니다만.

그래도 이 시점, 데뷔 직후 앞뒤 분간 없이 펜을 놀리면서 다음 전개를 생각하는 방식을 채택하고 있던 작가가 전혀 해내지 못하고 있던 것이 바로 '플롯'을 짜는 것이었습니다.

대부분의 경우, 편집부에서는 실제 집필에 들어가기 전에 이야기의 플롯을 짜달라고 요구합니다만,

이 시점에서 작가는 줄거리와 플롯의 차이조차 알지 못했습니다. 그러니 무슨 말을 할 수 있겠습니까.

건물에 빗대자면 줄거리는 완성예상도, 플롯은 설계도라 할 만큼 큰 차이가 있습니다.

다음 3권, 「사일라그의 요마」도 플롯(이라고 하기 어려운 물체)를 제출했을 때, 담당편집자는 "…음… 슬레이어즈니까, 이런 정도로 괜찮지 않을까" 정도의 말씀을 해 주셨습니다만, 완성품을 보냈을 때는 "재미있네요!"라고 칭찬해 주셨습니다.

그때는 '이겼다'라는 기분이 들더군요.

이제 와 냉정하게 생각해 보면 대체 뭘 이겼다는 건지, 스스로도 잘 모르겠습니다.

그렇게 노력(?)한 보람이 있었는지, '칸자카의 플롯과 완성품은 거의 다른 물건이나 마찬가지'라는 인식이 정착되어 플롯을 요구하는 경우가 대부분 사라지게 되었다는 기쁜 이야기.

아, 만약 독자 중에 소설가를 목표로 하고 계신 분이라면 절대 흉내내선 안 됩니다.

제 입으로 이런 말 하는 건 좀 문제가 있겠지만, 아무런 참고도

되지 못할 테니까요.

....

…방금 무슨 소리가 들려온 것 같습니다.

아아, 현관문을 여는 소리가 들린다.

발각된 건가. 내가 여기 있다는 게.

녀석이 온다… 이 후기를 빼앗아가려는 여자가!

발소리가 점점 가까워진다!

제가 후기를 적는 건 여기까지인가 봅니다.

이불 속으로! 손이! 손이!

＊＊＊＊＊＊＊＊＊＊＊＊＊＊＊＊＊＊＊＊＊＊＊＊＊

편집부로부터 독자 여러분께

작가가 보내온 후기는 여기서 끝이 났습니다.

대체 무슨 일이 벌어진 것인지 우리는 알 길이 없습니다만, 후기 분량은 충분하니 아무래도 좋은 것 같습니다.

후기 : 끝

슬레이어즈 2
아트라스의 마도사

1판 1쇄 발행	2020년 5월 15일
1판 2쇄 발행	2020년 11월 24일

지은이	Hajime Kanzaka
일러스트	Rui Araizumi
옮긴이	김영종

발행인	정욱
편집인	황민호
본부장	박정훈
마케팅	조안나 이유진 이수정
국제판권	이주은 김준혜

제작	심상운 최택순 성시원
발행처	대원씨아이㈜
주소	서울특별시 용산구 한강대로15길 9-12
전화	(02)2071-2018
팩스	(02)749-2105
등록	제3-563호
등록일자	1992년 5월 11일
ISBN	979-11-362-3189-5　04830

SLAYERS Vol.2: ATLAS NO MADOSHI

ⓒHajime Kanzaka, Rui Araizumi 2008

First published in Japan in 2008 by KADOKAWA CORPORATION, Tokyo.

Korean translation rights arranged with KADOKAWA CORPORATION, Tokyo.